나는 행복을 그립니다

서양화가 박혜령의 삶과 꿈 그리고 행복론

박혜령 지음

KB193085

나는
행복을
그립니다

창작을 천직으로 살아가는 화가의 인생 안팎을 훔쳐보는 일만큼 재미나는 일이 또 있을까. 화가로서의 박혜령이 맛깔나는 문체로 풀어낸 자전적 산문집 《나는 행복을 그립니다》를 읽으며 그의 밝고 맑고 아름다운 그림이 어디에서 비롯되었는가를 짚어볼 수 있었다. 꿈과 사랑, 그리고 행복이 담긴 이 책은 그의 삶과 그림에 한층 심층적으로 다가갈 수 있는 징검다리가 되어준다.

신항섭 | 미술평론가

불광불급(不狂不及). 책을 읽는 동안 이 말이 내 머릿속을 맴돌았다. 박혜령이야말로 이 말에 딱 어울리는 사람이 아닌가 한다. 아내와 엄마로 살아온 지난 세월부터 다시 화가로 활동하기 시작한 지금에 이르기까지. 그녀의 열정이 아니었다면 순간순간 찾아온 삶의 고비를 쉽게 견뎌낼 수 없었을 것이다. 새로운 삶에 대한 기대와 흥분으로 가득 찬 지금, 그 열정을 앞으로도 계속 가져가길 바란다.

신종식 | 수채화가, 유튜버

화가 박혜령은 나의 대부의 부인이요, 성당 구역장이요, 동네 이웃이요, 병마와 싸워 이긴 강철 같은 여인이었다. 단언컨대 한 여인의 질곡과 인고의 세월이 절절히 담긴 이 자전적 에세이는 동시대를 살아가는 모든 이가 간직할 법한 희로애락을 담고 있다. 일독을 권한다.

박순성 | (주)자오지엠티 대표이사

박 선생님과 한국여류수채화가협회에서 만나 함께 한 세월도 벌써 20년을 바라보고 있다. 그림이라는 길을 함께 걸어갈 동지가 있어 마음 한 구석이 든든하다. 멋진 액티브 시니어가 되기를 꿈꾸는 모든 사람들에게 이 책이 한 줄기 응원의 빛이 되기를 바란다.

고현희 | 한국미술협회 부이사장·수채화분과

어찌 보면 평범할지도 모르는 인생 여정이지만 자신만의 세계를 찾아 한 걸음씩 용기 있게 나아가는 저자의 모습이 무척 감동적으로 느껴졌다. 지금도 용기가 필요한 누군가에게 부디 이 책이 많은 위로와 영감을 주었으면 한다.

박정식 | 평촌 연세지성의원 원장

오래 깊어져야 향기가 더욱 강하다. 그녀의 글은 깊은 우물에서 길어 올린 맑은 물을 떠올리게 한다. 차분하고 덤덤해 보이지만 목마른 사람의 영혼을 채워주는 강력한 힘이 있다.

김영란 | 한국미술협회 수채화분과 이사, 김영란수채화연구소 대표

박혜령은 꿈 많은 소녀 시절부터 인연을 맺은 나의 오랜 친구다. 이야기를 읽는 내내 과거로 시간 여행을 하는 듯 행복했다. 유난히 길고 고운 손끝에서 그려진 지나온 세월은 그녀가 그린 수채화처럼 맑고 투명하다. 따뜻한 차 한 잔을 마시듯 언제나 느긋하게 읽고 싶은 책이다.

유기원 | 전 원디자인 대표

바쁜 일상 속에서 틈틈이 글로 적어 내려간 그녀의 삶에 무한한 존경과 감사를 표한다.

김현옥 | 등촌1동 제자

박혜령의 화폭 속에 그려진 동백과 모란이 그녀의 모습과 너무나도 닮아 있는 것을 느낀다. 그녀의 진솔한 마음과 넘치는 열정이 많은 독자들에게 귀감이 되기를 바란다.

강은미 | 에듀인뉴스 월간교육 경영지원본부장

한 여자가 열정적인 화가로 거듭나는 모습을 보며 나도 모르게 내 삶을 돌이켜보게 되었다. 괴로움과 좌절감 속에서도 삶의 진정한 의미를 찾아가는 것, 그것이야말로 그녀가 말하고 싶은 행복이 아니었을까.

하영길 | 약사

이 책은 누군가의 딸이었고 아내였으며 어머니였던 한 여성의 '나다움'을 찾아낸 과정을 담고 있다. 박혜령의 천진난만함과 완숙한 푸근함은 오랜 삶 속에서 빚어낸 그녀만의 행복이리라.

안수경 | 작가, 한울회 홍보간사

차
례

나는 왜
행복을
그리는가?

나는 꽃을 주로 그리는 화가다. 어려서부터 그림을 그렸지만 진짜 화가가 되어 개인전을 연 것은 내 나이 50세가 되어서다. 말하자면 늦깎이 화가라 할 수 있다.

사실 내가 꽃을 그리기까지, 화가가 되기까지, 또 박혜령이라는 이름으로 존재감을 드러내기까지는 아주 오랜 시간이 걸렸다. 바쁘게 아이들을 길렀으며, 암과도 싸워 이겨내야 했고, 남편마저 먼저 떠나보내야 했기 때문이다.

청춘을 지나온 사람들은 누구나 그렇듯 내 꿈도 원래의 빛깔과는 달라졌다. 그렇지만 무수한 상처를 거쳐 인생의 새로운 바다로 나아가는 지금, 내가 그리는 것은 감히 행복이라 고백하고 싶다. 도달할 수 있는 최선의 내가 되기에는 아직 한참 부족한 것 같지만, 동시에 그런 내가 되기 위해 지금도 조금씩 앞으로 나아가고 있다.

여기 소개하는 이야기들은 지나온 인생을 더듬으며 써 내려간 기억의 편린이다. 돌아오지 않는 어린 시절에 관한 에피소드는 물론, 사랑하는 사람들과 함께한 잊지 못할 추억들, 내가 화가가 되기까지 어떤 길을 걸어 왔는지에 대한 이야기를 그림과 함께 담아보기로 했다.

사실 글을 처음 쓰기 시작했을 때 나의 평범한 이야기를 궁금해 할 사람이 과연 얼마나 있을까 의문이 들었다. 그러나 꼭 힘들게 살아온 이야기만이 공감을 부르는 것은 아니라는 생각이 들자 글은 단숨에 완성되었다. 글을 쓰는 동안 스스로 치유되는 경험도 했다. 젊은 사람들에게는 새로운 세상으로의 초대가 되기를, 나와 같은 시대를 살아온 사람들에게는 또 다른 추억 여행이나 도전의 계기가 되기를 소망해 본다.

코로나19로 멈췄던 일상이 점차 제자리로 돌아오고 있다. 내가 그린 반짝반짝 윤기 어린 붉은 동백이, 겹겹이 활짝 만개한 모란이, 그리고 지금부터 들려드릴 이야기가 독자 여러분들에게 행복을 발견하는 데 작은 보탬이 되기를 바란다.

2022년 가을

박혜령

Part 1

아름다운 날들

이별식
·······

남편은 큰딸이 결혼한 뒤 방송국 임원으로 정년을 했다. 그러고 나서 한동안 휴식기를 가졌다. 회사에 다니는 동안 남편은 퇴근 후에는 곧바로 귀가한 적이 거의 없었다. 일 년 365일 가운데 360일을 지인들과 어울려 술잔을 기울였으므로. 그런 남편은 고혈압 클리닉에서 정기적으로 피검사를 받았으나 아직은 몸에 이상이 없다고 했다. 그러면서 가끔 자신의 간이 '철제 간'이라고 웃으면서 말하곤 했다.

어느 날 한 중소기업에 감사 자리가 났다. 일주일에 며칠만 나가면 되는 자리라서 여전히 집에 있는 시간은 전보다 길었다. 권위적인 남편은 퇴직 후에도 집안일을 조금도 거들지 않았다. 나와 수없이 부딪친 끝에야 비로소 빨래를 개었다. 그것만 해도 놀라운 발전이었다.

얼마 후엔 소일거리로 탁구장에 나가기 시작했는데, 그곳에서도 인기가 좋았다. 무릎이 안 좋아 운동을 즐기지는 못했지만, 심판을 보며 회원들과 어울리며 술잔을 기울이곤 했다. 그렇게 인생 2막을 보냈다. 그동안 나는 수채화 강의와 작품 활동에 집중하느라 정신없이 바쁘게 지냈다.

아들이 독립한 후 막내와 세 식구로 살던 어느 날 남편이 나를 조용히 불렀다. 그러더니 은근한 목소리로 이렇게 말했다.

"회사에서 다시 부르네. 부사장 발령이 났어."

방송국의 중요한 정책을 결정짓는 명예로운 자리에 자신이 지명되었다는 것이었다. 오 하느님! 삼식이가 된 남편이 거대 방송국 KBS의 부사장에 중용된 것이다. 아이들을 급히 집으로 불러 포도주 파티를 열고 남편이 입을 양

복도 정성껏 마련했다. 남편은 그저 싱글벙글 웃을 뿐이었다. 그날 이후 남편은 전과 달리 크게 부드러워졌다.

남편의 첫 출근날, 검은색 세단이 아파트 앞에 멈추었다. 전용 운전기사에 비서까지 딸려 있었다. 마침 연말이 다가오고 있어 남편은 연말연시 일정을 바쁘게 소화했다. 회사의 주요 일정과 회의 참석은 물론 전방 부대 방문, 가요 대축제 시상식 등 굵직한 행사에도 빠짐없이 참석했다.

그렇게 바쁜 일정을 소화하던 12월의 마지막 날. 남편은 갑자기 상복부 통증을 호소했다. 느낌이 좋지 않았다. 세브란스에서 정밀 검사를 마친 후에 주치의가 나를 따로 불러 조심스레 말했다.

"간암입니다."

"네?"

그 순간 온 몸이 파르르 떨렸다.

"그래도 나을 수는 있는 거지요? 저 역시 암 환자였지만 지금 이렇게 멀쩡하게 잘 지내고 있거든요."

"…말기입니다. 겨우… 서너 달 남으신 듯합니다."

청천벽력이었다. 남편 인생의 정점에서 이런 일이 닥칠 줄은 정말 몰랐다. 수많은 어려움을 이겨내고 현직으로 돌아왔건만, 지금까지의 고생은 다 무엇이란 말인가.

이 소식을 접한 지인들은 홍삼이며 차가버섯이며 온갖 몸에 좋다는 음식을 보내주었다. 환자의 몸이라 가려 먹는 음식이 많아 안타까울 뿐이었다. 병문안도 끊이지 않았다. 회사 동료들은 물론이고, 고향 출신 음악 애호가들로 구성된 '에스텔라' 모임, 신길동 시절 인연을 맺은 '마실' 모임에서도 끊임없는 사랑을 베풀어주었다. 남편의 중·고등학교, 대학교 동창들이 줄지어 찾아왔다. 그중에서도 마지막까지 가장 많은 시간을 함께한 사람들은 남편의 대자들이었다.

시간이 갈수록 배가 점점 불룩해졌다. 간이 제 기능을 하지 못하니 영양분이 복강에 그대로 고여 복수가 된 것이다. 그에 반해 팔다리는 점점 가늘어졌다. 잠시 입원을 해서 복수를 빼고 나면 남편은 배가 쑥 들어갔다며 희미한 미소를 지었다. 병원 3층 식당에서 베트남쌀국수를 먹고 집에 돌아오는 것이 외래 진료의 마무리 의식이 되었다.

그런 식으로 복수를 일고여덟 차례나 뺐다. 시간이 갈수록 복수에는 핏빛 농도가 점점 더 짙어졌다.

다시 진료를 받던 어느 날 주치의가 나를 조용히 불렀다. 한 달밖에 남지 않았으니 환자의 주변을 정리하라는 것이었다. 무슨 이야기를 나눴는지 묻는 남편에겐 에둘러 다른 말을 둘러댈 수밖에 없었다. 이제는 완화치료센터로 담당의가 바뀌었다. 마지막 단계에 접어든 환자들에게 통증 조절을 해주는 과였다. 마약성 패치까지 처방받았다.

마침내 암이 대퇴부로 전이되면서부터 걷지를 못하게 되었다. 지팡이에 의지해야 겨우 걸을 수 있었고, 길 건너 식당을 갈 때는 아예 차로 이동하는 게 나을 정도였다. 언젠가 내가 그랬듯이 남편도 주 5일 방사선 치료를 받았다. 극심한 통증이 오면 처방받은 패치를 붙이기도 했는데 부작용 탓에 고통이 더 심했다.

아, 먼저 겪어보지 않았던들 그 고통을 얼마나 이해할 수 있었을까. 내가 겪었던 고통을 고스란히 겪으며 남편 또한 나의 아픔을 이해할 수 있었으리라.

2016년 5월. 우리는 큰딸의 제의로 가족 여행을 갔다. 목적지는 제주도였다. 주말을 이용해 각자 시간에 맞춰 비행기를 타고 제주도에 모여들었다. 우리는 델 문도(Del Mundo)라는 카페에서 마지막 가족사진을 찍었다. 델 문도란 '이 세계'(The World)를 뜻하는 스페인어다. 그 사진에서 남편은 혼자만 웃지 않고 있었다. 말기 암 투병으로 인해 병색이 완연한 얼굴. 그 강인하던 얼굴이 흑백으로 처리된 듯했다.

그리고 여름, 기록적인 폭염 경보가 이어지던 날씨가 한풀 꺾인 듯싶었다. 우리는 창문을 열고 한적한 오후를 보내고 있었다. 어디선가 시원한 바람이 불어오자 남편은 가을이 오려나 보다 하면서 오랜만에 특유의 해맑은 미소를 띠었다.

그로부터 며칠 후, 증세가 악화되어 오후 내내 구토를 하던 남편은 초저녁이 되자 통증을 더는 견딜 수 없다면서 헐떡거리기 시작했다. 서늘한 예감이 가슴을 꿰뚫었다. 나는 급히 주치의와 통화하고 구급차를 불렀다. 그러면서 서둘러 아이들을 집으로 불러들였다.

남편은 숨쉬기 힘들다고 하면서도 연신 입술을 달싹거

렸다. 순간 난 귀를 남편의 입가에 가져다 댔다.

  "여보… 사랑해."

  돌이켜 생각해 보니 그것은 남편의 처음이자 마지막 사랑 고백이었다. 대답을 생각할 겨를도 없이 내 눈에서는 뜨거운 눈물이 주르륵 흘러내렸다. 그렇게 구급차가 도착하기도 전에 남편은 생의 마지막 순간을 맞이했다. 그의 나이 고작 만 63세였다.

  며칠 후 서랍을 정리하다 유서를 발견한 나는 또다시 오열할 수밖에 없었다. 아이들과 나에게 남긴 말은 온통 "미안하다", "고맙다", "사랑한다"였다. 아, 인간에게는 어째서 진심을 전달하는 일이 이토록 어렵단 말인가. 평생 들어본 적 없었으나 마음속에는 늘 간직해온 말들. '술과 친구를 가족보다 더 사랑한 사람' 그러나 실제로는 가족을 더 사랑한 사람이었는데….
  임용된 지 불과 두 달 만에 사표를 내었으나 회사에서는 영결식을 성대히 치러 주었다. 수많은 선후배, 동료들이

찾아와 영전에 꽃을 헌화했다. 낯익은 아나운서가 남편의
경력을 낭독해 주었다.

　　"…일생을 방송기술 개발에 몸담아 오신 고인
　은, 1986년 아시안게임에서 방송통신장비 개발에
　이바지한 공으로 대통령 '국민포장'을 받았습니다.
　1997년 12월 대통령 선거 개표 방송 때, '프리즘
　젬'이라는 주유소 미터기식 개표방식을 개발하고
　KBS 개표 방송에 적용하여 큰 주목을 받았습니다.
　2000년에는 '디지털 TV 방송용 송신기'를 개발해
　과학기술부장관으로부터 '장영실상'을 수상했습니
　다. 그 외에도 1989년 '체신부장관 표창장' 등 방
　송기술 부문에서 여러 상을 수상했습니다."

　그렇다! 남편은 술만 마시며 세월을 보낸 사람이 아니었
다. 누구보다 치열하게 살며 한 시대를 풍미했던 나의 작
은 거인이었다

그곳에 가면 – 머체왓 유채밭 | 60.6 x 60.6cm | Acrylic on canvas | 2022

돌이켜 생각해 보니

그것은 남편의 처음이자 마지막 사랑 고백이었다.

대답할 말도 생각할 겨를도 없이

내 눈에서는 뜨거운 눈물이 흘러내렸다.

운명 같은 만남

남편을 처음 만난 것은 대학생 시절인 70년대 후반이었다. 당시 캠퍼스에서는 각종 미팅이 활발하게 이뤄지고 있었다. 덕분에 나도 같은 대학 남녀 스무 명씩 참여하는 그룹 미팅에 끼이게 되었다. 우리는 미대, 저쪽은 공대생이었다. 혹시라도 내 짝이 있을까 하는 막연한 호기심을 품고 첫 미팅에 나갔다. 내 파트너가 된 사람은 공대 4학년이었는데 키가 나보다 조금 작았다. 친구들과 달리 왜 나에게는 다른 학년이 걸렸는지 모르겠다. 우리는 이야기도 나누지 않았고 서로에게 별 관심도 없었다. 첫 미팅은 그렇게 허무하게 끝나 버렸다.

　두 번째 미팅은 5:5로 다른 대학 학생들과 했다. 이번에는 상대 쪽 과대표가 내 파트너가 되었다. 나는 음료수를 홀짝이며 분위기에 휩쓸려 시간을 보냈다. 그는 자기네 학교에 축제가 있다면서 초대를 하기에 응했지만 막상 가보니 바빠 보이기만 했다. 나는 겉돌다가 그냥 돌아오고 말았다.

　그런 식으로 4학년 2학기까지 거의 50회 가량 미팅을 했지 싶다. 하나씩 커플이 되어가는 친구들을 보며 왠지 모를 오기 탓에 미팅 자리는 사양하지 않았다.

　웬만하면 짝이 생길 법도 한데 썩 마음에 드는 사람이 없었다. 몇 차례 데이트를 한 상대는 있었지만 사귀는 단계로 넘어가지 못했다. 모두 그만그만했고, 비슷비슷하게만 보였다. 똑같은 사람하고 미팅을 또 했어도 아마 나는 눈치 채지 못했을 것이다.

　오랫동안 열애를 하지 못한 사람들에게 흔히 하는 말이 있다. "어딘가에는 너의 인연이 있다. 아직 서로 못 만났을 뿐." 하지만 그 말을 곧이곧대로 믿을 사람이 과연 몇 명이나 될까. 나 역시 실제로 인연을 만나기 전까지는, 그저 입에 발린 말이라고 여겼다.

마지막 학기가 시작되며 졸업 작품을 구상할 무렵이었
다. 연애 한 번 해보지 못한 채 대학 생활이 이렇게 끝나가
나 생각하니 마음이 조금 혼란스러웠다.

"그래, 마지막 미팅을 하자."

"…무슨 미팅?"

"이 언니가 널 위해 큰 거 하나 물어왔지!"

나는 동기 K의 말에 거절하려고 했다. 미팅이라면 이제
는 신물이 났으니까. 무려 49번을 실패했는데 50번째라고
뭐가 그리 다를까.

"이번엔 정말 달라. 한국과학기술연구소 연구원들이라
고!"

한국과학기술연구소? 우리와 같은 학생이 아니란 말
인가?

순간 호기심이 발동했다. 우리보다 한발 먼저 사회에 나
간 사람은 과연 어떤 삶을 살고 있는지 궁금해졌다. 그래,
이번이 마지막이다!

1977년 9월 9일, 나는 한껏 멋을 부리고 종로 1가에 있

던 '다이스'로 갔다. 그리고 리더인 친구에게 키가 큰 순서대로 번호를 정하자고 했다. 매번 나보다 키가 작은 파트너와 맺어지곤 했기 때문이다. 순서를 바꾸자 이번에는 내가 1번이 되었다. 그런데 이상하게도 내 파트너는 그중에서도 키가 제일 작은 사람이었다. 여자팀과 반대순서로 번호를 정한 것이다. 키가 170센티미터라는 그는 168센티미터인 나랑 키가 거의 같았다. 실제로는 나보다 훨씬 작아 보였다.

그러나 실망감은 잠시뿐이었다. 그는 대구 특유의 투박하고도 정겨운 사투리와 화술로 좌중을 압도했다. 키도 작고 나이도 제일 어렸지만 그런 건 더 이상 문제가 되지 않았다. 아무것도 따지지 않게 되었달까? 이런 미팅은 처음이었다.

우리는 파트너 구분 없이 다 함께 분위기 있는 얘기를 나누었다. 미팅이 끝나갈 무렵 그는 내게 명함을 건네주었다. 월요일에 회사 식당에서 특식이 나오니 놀러 오란다.

"오시면 제가 모시겠습니다. 그럼 박 형은 내게 술 한 잔 사주시면 됩니다."

당황스러웠지만 이상하게 마음이 끌렸다.

집에 와서도 자꾸 그 남자 생각이 났다. 왜 남들이 그러
듯이 내 전화번호를 묻지 않았을까? 다짜고짜 약속을 잡고
술 한 잔 사달라니. 혹시 말로만 듣던 나쁜 남자는 아닐까?

월요일은 아침부터 가랑비가 흩날렸다. 나는 미팅에 같
이 갔던 K에게 홍릉 키스트에 가자고 했다. 연구소 입구에
서 사무실로 전화를 걸자 그가 기다렸다는 듯이 뛰어나왔
다. 우산도 없이 비를 맞으면서 걸어오는 모습이 왠지 멋
져 보였다. 그는 당연하다는 듯 내가 쓴 우산 속으로 스윽
들어왔다. 순간 가슴이 쿵쿵 뛰기 시작했다. 여고 시절 짝
사랑하던 선생님을 만났을 때 그랬던 것처럼.

'갑자기 기분이 왜 이러지? 설마 벌써 이 사람을 좋아하
게 된 건가?'

친구의 파트너까지 합세하여, 넷이서 구내식당에서 즐
거운 점심시간을 보냈다. 그는 아주 퇴근을 한 건지 오후
가 되어도 사무실로 되돌아가지 않았다. 네 시가 되자 둘
이서만 종로에 가자고 했다. 나는 동행했던 친구를 뒤로하
고 그를 따라갔다.

그가 자주 찾는 단골 경양식집을 찾아 맥주와 음료수

를 주문했다. 겨우 두 번째 만남이었을 뿐인데 시간이 금방 지나갔다. 테이블 위에는 빈 병이 쌓여 갔지만 무슨 얘기를 나눴는지 통 기억이 나지 않는다. 단지 당시 유행했던 유머 시리즈로 나를 웃게 했던 것 외에는⋯. 시간이 늦어 경양식집에서 나올 무렵에는 취기 탓에 똑바로 걷는 것이 힘들었다.

헤어질 때 그가 내게 집 전화번호*를 물었다. 집에 돌아온 후에도 설레는 마음에 쉽사리 잠이 오지 않았다. 그러나 하루가 지나고 이틀이 지나도 그에게서는 아무런 연락이 오지 않았다.

'다른 가족들이 전화를 받으면 쑥스러울까 봐 그런가? 졸업 작품에 매진하라고 배려해주는 건가? 그날 무슨 이상한 실수라도 했나?'

온갖 상상을 하며 스스로를 달랬지만 그럴수록 씁쓸한 기분은 지워지지 않았다. 시간은 그렇게 속절없이 흘렀다.

• 1970년대에는 아직 전화가 귀한 시절이었다. 가정에서 쓰는 전화기로는 회선 신청서의 색깔에 따라 긴급용인 '백색전화'와 일반용인 '청색전화'가 있었고, 전화를 빌리러 다른 집에 가는 일도 많았다.

그러던 어느 날, 하루종일 실기실에 붙어 살며 졸업 작품 제작에 몰두하고 있을 때였다.

"잘 지냈습니까?"

그 남자였다. 당시 관악 캠퍼스에 재학 중이던 복학생 친구를 대동하고 나를 찾아온 것이다. 남자가 여기까지 온 것은 처음이었다. 순간 당황했지만 아무렇지도 않은 척 회화과 실기실 구석구석을 보여주고, 내 졸업 작품에 대해 설명해 주었다. 한 동안 연락도 없다가 불쑥 찾아온 것이 밉살스러웠으나 그래도 다시 보게 되어 다행스러운 마음이 들었다.

우리 세 사람은 천천히 캠퍼스 인근 카페로 향했다. 봉천동 고개로 걸어 내려가는데 또다시 가슴이 쿵쾅거리기 시작했다. 남몰래 숨을 가다듬었지만, 소용이 없었다.

"다음에는 공릉동 공대 캠퍼스에서 만날까요? 우리 경북고 동창끼리 홈커밍데이를 하는데요…."

사실 나는 그때까지 지방 출신은 촌스럽다고 여겼고, 결코 교제 상대로 생각해 본 적도 없었다. 그런데도 속내를 감추지 못한 채 선뜻 가겠다는 말을 해버렸다. 도대체 무엇에 끌린 걸까?

　마침내 홈커밍데이 아침, 오방색 줄무늬가 세로로 들어간 빨간색 실크 투피스를 차려 입은 나는 화장도 평소보다 정성껏 했다. 약속 장소에 나가자 정장을 입은 그의 뒷모습이 보였다. 그 모습에 또 한 번 가슴이 철렁했다.

　우리는 어깨를 나란히 하고 공릉동 캠퍼스로 향했다. 잔디밭은 졸업생들로 복작거렸다. 그는 나를 몇몇 사람에게 인사시키더니, 슬그머니 무대 앞으로 나갔다. 그날의 사회를 맡았던 것이다. 이런 유형의 사람은 처음이었다. 무대 위의 그는 작은 거인 같아 보였다. 그는 연신 사람들을 웃겨가며 여유롭게 모임을 이끌었다.

　데이트는 몇 번 더 이어졌다. 갈수록 그가 좋아졌지만 어쩐지 더 가까워지기 힘들다는 느낌이 들었다. 예감은 틀리지 않았다. 매번 다음번 약속을 잡았던 그에게서, 거짓말처럼 연락이 뚝 끊기고 말았다. 두 번째 잠적이었다.

그곳에 가면 – 해바라기 일부 | 53 x 53cm | Acrylic on canvas | 2022

해바라기 일부 | 65 x 50cm | Watercolor on paper | 2017

오랫동안 열애를 하지 못한 사람들에게 흔히 하는 말이 있다.

"어딘가에는 너의 인연이 있다. 아직 서로 못 만났을 뿐."

하지만 그 말을 곧이곧대로 믿을 사람이 과연 몇 명이나 될까.

나 역시 실제로 인연을 만나기 전까지는,

그저 입에 발린 말이라고 여겼다.

언제나 빛나는 보석이 되어

'음, 마지막 미팅도 결국 이렇게 끝나고 말았구나.'

상실감이 컸다. 졸업까지 한 마당에 미팅 기회도 줄어든 데다 자칫하면 팔자에도 없는 맞선을 보게 될지도 모르는 상황이었다. 다행인지 불행인지 아버지 지인의 소개로 야간 중학교 강사 자리를 맡게 되어 나름대로 의미 있는 시간을 흘려보낼 수 있었다.

어느덧 6월이 되었다. 집 마당에 나팔꽃, 분꽃, 히아신스, 채송화 등이 활짝 핀 어느 일요일 새벽, 나는 꿈을 꾸었다. 어느 곳인지 모를 곳에서 나는 순백의 웨딩드레스를 입고 서 있었다. 그런데 내 앞에는 얼굴이 보이지 않는 어떤 남자가 짙은 감색 정장을 입고 우뚝 서 있는 게 아닌가. 남자는 탐스런 주황색 산호 다발을 가슴 가득 안고 있었다. 형언할 수 없는 벅찬 감정이 해일처럼 나를 덮쳤다.

'아니, 이 사람이 누구지? 어디선가 많이 보았던 얼굴인데….'

기를 쓰며 얼굴을 확인한 순간, 온몸이 그대로 굳어버렸다. 그였다. 반 년 째 소식이 없던 사람, 그 남자였다.

꿈에서 깨어나서도 한동안 멍했다. 집안이 절간처럼 조용했다. 식구들이 모두 어디 간 모양이었다. 누운 채로 이런 저런 생각이 이어졌다. 아직도 그를 잊지 못한 걸까. 아니면 그가 나를 잊지 못하고 있는 걸까.

따르릉! 따르릉!

정적을 깨고 2층 거실에 전화벨이 울렸다. 꿈꾸는 사람처럼 나는 화들짝 놀라 전화를 받았다. 그런데….

"내가 누군지 알겠습니까?"

어떻게 모를 리가 있겠는가. 방금 전 꿈에서 보았는데.

하지만 그 사실을 당사자에게 말하기는 민망스러웠다. 누가 들어도 거짓말이라고 할 것 같았다. 그는 다짜고짜 언제 시간이 되느냐고, 만나자고 했다. 마치 연락이 끊겼던 적이 없었다는 듯이. 정말 제멋대로에다 뻔뻔한 남자였다. 그럼에도 불구하고 나는 밝은 목소리로 주말 약속에 응했다. 전화를 끊자 한숨이 새어 나왔다. 왜 소식을 끊었을까. 왜 또다시 연락을 했을까.

지난가을 미팅에 나왔을 때를 되짚어보자 답이 나왔다. 누군가를 만나고 있었는데, 그 사이에 정리를 한 모양이었다. 다시 혼자가 되자, 철없이 자기를 좋아하던 내가 떠올랐고, 그래서 전화를 걸었으리라.

이전에 그랬던 것처럼 특별히 신경 써서 고른 옷을 입고 화장을 했다. 약속 장소에 미리 와 있는 그를 보는 순간 지난 6개월의 공백이 전혀 느껴지지 않았다. 그 역시 태연하게 나를 대했다. 알고 보니 그에게도 변화가 있었다. 광화문에 있는 한국통신기술연구소로 직장을 옮긴 것이다.

하지만 뭐가 어찌 되었건 상관없었다. 그가 좋았으니까.

그날 이후 9개월 동안 우리는 거의 매일 만났다. 나는 그의 퇴근 시간에 발맞춰 광화문으로 향했다. 만남은 주로 연다방 등 광화문 주변 카페에서 시작해 인근 술집에서 취하는 것으로 마무리되곤 했다. 때로는 그의 친구들과 함께 만나는 날도 있었다. 학창시절 친구들은 물론이고 대학 동창들도 엄청나게 많았다. 그런 날이면 무교동 낙지집으로 우르르 몰려갔다. 매운 낙지볶음의 원조가 될 '서린 실비집'과 '유정 낙지집' 등에 말이다.

그는 이전의 만남과 달리 헤어질 때가 되면 반드시 나를 집까지 바래다주었다. 시청 건너 덕수궁 대한문 앞에는 언제나 화곡동행 합승 택시가 서 있었다. 데이트를 하고 나면 우리는 항상 그 택시를 애용하고는 했다. 그는 나를 집 앞 골목에 내려주고 나서 삼성동에 있는 누나 집으로 갔다. 그런 수고로움이 애틋하게만 여겨졌다.

그를 만나면서부터 참 다양한 술을 마셨다. 그는 원래 애주가였지만 나도 조금씩 양이 늘기 시작했다. 물론 맥주 한두 잔이 전부였지만 말이다. 그래서 술 없이 맨 정신으로 만나 보자고 했던 때도 있었다. 딱 한 번뿐이었지만….

오늘이 가기 전에 떠나갈 당신이여

이제는 영영 가는 아쉬운 당신이여

바람이 부는 언덕 외로운 이 언덕에

나만 홀로 남기고 어딜 가나 내 사랑아

헤어질 사람이면 정들지 말고

떨어질 꽃이라면 피지를 마라

언제나 빛나는 보석이 되어

영원히 변치 않을 원앙이 되자….

　당시 우리가 가는 곳마다 전영록의 〈애심〉이 울려퍼졌
다. 멜로디도 좋았고 무엇보다 가사가 마음에 와 닿았다.
헤어지지 말고 원앙이 되자는 노랫말은 어느덧 우리의 주
제가가 되어 있었다.

두 세계가 만난다는 것

내가 젊었을 때는 결혼 적령기에 결혼을 하는 것만큼 중요한 일은 없었다. 나 또한 사랑하는 사람이 생겼고 학교도 마쳤으니 결혼을 마다할 이유가 없었다. 그러나 그는 이상하게도 프로포즈를 하지 않았다. 그냥 만나다 보니 자연스럽게 결혼할 사람인가 보다 하고 생각하게 되었을 뿐이다. 나는 학교 강사 일을 그만두고 무교동 소재 H 요리학원에 등록하는 등 결혼 준비를 차근차근 해나갔다.

그와 나는 하나부터 열까지 정반대였다. 그는 경상도 종갓집 11대 종손으로, 제사를 4대나 모셨으며 집안에서는 천주교를 믿었다. 그에 반해 나의 부모님은 평안북도 출신으로, 3대째 개신교 집안이어서 제사는 구경조차 못했다. 또 그가 어렸을 적부터 어려운 환경에서 자란 것에 비해 난 아버지의 넉넉한 지원 속에 경제적 부족함 없이 성장할 수 있었다.

결혼을 앞둔 어느 날 갑자기 그는 고향에 가자고 했다. 다니던 성당에 가서 '혼인 공시'를 붙이고 '혼인 관면'을 받아야 한다고 했다. 비신자인 내가 신자인 남편과 결혼하려면 반드시 이 과정을 거쳐야 했다.

나는 그를 따라 대구에 가서 남산동 성당 신부님과 면담을 했다. 신부님은 나에게 대뜸 "자녀들을 천주교 신자로 키울 것입니까?"라고 물어보았다. 아니라고 하면 결혼을 못 하게 되는 것이어서 '네'라고 대답할 수밖에 없었다. 하지만 정해 놓은 대답을 하는 기분은 떨떠름했다.

면담을 마친 후에는 대명동으로 가서 그의 부모님을 뵈었다. 유난히 작은 체구의 시골 노인 두 분. 바로 나의 시부모가 될 분들이었다. 두 분은 사글셋방에 살고 있었다.

나는 시어머니가 될 분이 차린 밥상에 충격을 받았다.

늘 진수성찬이 올라오는 우리 집 밥상과는 무척이나 달랐다. 달걀부침과 김구이 등이 놓인 빈한한 밥상. 비로소 내가 무엇을 하려는 것인지에 대한 자각이 밀려왔다. 그러나 결혼이란 단지 둘만의 사랑도 중요하지만 두 집안이 하나로 연결되는, 보다 현실적인 일임을 그때는 정말 알지 못했다.

사랑이란 대체 무엇일까? 가장 중요한 것들이 그 시절의 내게는 하등 문제점으로 보이지 않았다. 그 어떤 어려움도 함께라면 얼마든지 이겨낼 수 있을 것 같았다. 결혼을 앞두고 약혼식을 치렀고, 남편의 다른 가족들과 만나는 일도 잦아졌다. 그렇게 꿈을 꾸듯 시간이 흘러갔다.

좌충우돌 결혼식 소동

결혼식 전날. 밤이 늦도록 가방을 꾸리다가 그만 늦잠을 자고 말았다. 결혼식은 두 시인데 화곡동 집을 떠난 시각이 11시였다. 부랴부랴 명동의 마샬 미용실로 향했다. 마샬 미용실은 김성희에 이어 손정은, 서재화까지 3년 연속으로 미스코리아 진을 배출해 낸 당시 최고의 뷰티 살롱이었다. 미용실에 도착해서는 정신 없이 신부 화장을 받고 속눈썹도 심었다. 식이 시작될 시각까지 얼마 남지 않아 베테랑 미용사들도 진땀을 흘렸다. 그녀들도 아마 이런 신부는 처음 보았을 것이다.

예식장은 중구 정동에 있는 프란치스코 수도원 강당이었다. 거리는 멀지 않았으나 도로 사정이 여의치 않아 그만 지각을 하고 말았다. 예정시간보다 무려 10분이나 늦었다. 신랑은 신부가 도망을 간 것은 아닌지 별의별 생각을 다 했다고 한다. 휴대전화가 없던 시절이었으니 그렇게 생각하는 것도 무리는 아니었다. 나는 식장에 도착하자마자 초조하게 기다리던 아버지의 손을 잡고 입장했다. 정신이 하나도 없었다. 이런 나를 본 하객들은 필시 혀를 내 둘렀을 것이다.

아버지는 나를 데리고 들어가면서 눈물을 보였다. 철없는 막내딸의 손을 잡으니 만감이 교차하셨나 보다. 나는 그 와중에도 활짝 웃고 있었다.

시댁 축하객 중에는 천주교 신자가 많았지만, 99퍼센트가 개신교 신자인 우리 집안은 성당에서 하는 결혼식이 처음인지라 혼인미사가 매우 생경했을 것이다. 우리 집안의 언니 오빠들은 모두 이북 출신 개신교 집안과 연을 맺었다. 주례는 구레나룻을 기른 스페인 신부님이 서 주셨다. 처음 듣는 가톨릭 성가가 내 귀에 성스럽게 들려왔다.

식이 끝나고 기념사진을 찍었다. 우리 쪽 친척들은 대부
대여서 언제나처럼 신랑 쪽으로 많이 넘어가서 찍었다. 그
러나 친구 사진 찍을 때는 정반대였다. 지방 출신인 신랑
의 친구들이 서울 출신인 신부의 친구들보다 훨씬 많았다.
두 배가 넘었다. 이때까지는 신랑의 기분이 매우 좋았다.

폐백 시간이 되었다. 우리는 폐백 때 입는 한복으로 갈
아입었다. 장삼에 족두리를 쓰고 사모관대를 갖추었다. 그
런데 갑자기 친정 부모님이 들어오셨다. 신부 부모가 폐백
실에 들어오는 것은 당시 경상도 풍습에 맞지 않았다. 하
지만 친정어머니는 아랑곳하지 않고 상 위에 있는 폐백닭
이랑 음식을 모두 치워버렸다. 폐백닭에 절을 하는 것은
미신, 한마디로 우상숭배라는 이유에서였다. 갑자기 분위
기가 싸늘해졌다. 경상도 양반인 시댁 친척들은 당황하였
다. 자존심 높은 신랑의 얼굴도 굳어졌다. 겨우겨우 시댁
어른들께 절을 드리고 폐백을 마친 우리는 가족들의 배웅
을 뒤로한 채 허겁지겁 김포공항으로 향했다. 그야말로 좌
충우돌 결혼식이었다.

아내라는 이름으로

우리는 화곡동에 있는 조그마한 전세 아파트에서 신혼생활을 시작했다. 그간 요리학원에 다닌 보람이 적지 않았는지 남편은 요리사와 결혼한 것 같다며 칭찬을 아끼지 않았다. 하지만 그 칭찬 뒤에는 다른 뜻이 숨겨져 있었다. 남편은 끊임없이 손님을 데려왔다. 고향 친구들과 선후배, 회사 사람들에 그저 옷깃만 스친 인연까지. 그뿐만 아니라 숙박하는 손님에게는 아침 해장국까지 끓여주어야 했다.

그런 생활에 지쳐 갈 무렵, 아이가 들어섰다.

공교롭게도 남편은 미국의 유수한 IT 연구소에 연수를 받으러 가기로 막 결정한 참이었다. 친정아버지는 좋은 기회라며 막내 사위를 자랑스러워했으나 곧 엄마가 될 내 생각은 조금 달랐다. 남편의 출국 날짜가 출산 예정일 하루 전날이었으니까. 아무리 해외로 나가기 힘든 시절이었다지만 아내의 출산 전날 출국하는 남편이 세상 어디에 있단 말인가.

1980년 2월, 나는 세브란스 산부인과에서 첫딸을 낳았다. 남편이 미국으로 떠나고 불과 열흘 후였다. 사람 속에서 또 하나의 사람이 나오는 기적! 친정 오빠는 "아기가 아기를 낳네!"라고 농담을 던지며 불안한 내 마음을 애써 위로해 주었다. 고작 스물다섯 살이었던 나는 남편에 대한 그리움으로 한참을 흐느꼈다. 함께 있었다면 얼마나 행복했을까.

출산 후 남편은 매일 전화나 편지로 소식을 보내 오고는 했다. 편지 봉투에는 항상 일련번호가 적혀 있었는데 이는 남편이 배달 사고를 방지하기 위해 손수 적어 놓은 것이었다. 편지에는 미국 연수가 생각보다 괄목할 만한 성과를 내고 있고, 출산을 축하한다는 내용 등이 빼곡히 적혀 있었다. 결혼 이후 처음으로 우리 부부만의 애틋함을 느끼는 순간이었다.

　그 무렵 나는 큰 결심 하나를 세웠다. 대구에 살던 시부모님을 서울로 모셔오기로 결정한 것이다. 시어머니가 손녀를 너무 보고 싶어 하는 데다 생활비를 따로 부쳐야 하는 것도 적지 않은 부담이었기 때문이다. 여러모로 생각한 끝에 결심했다. 마침 친정아버지가 둔촌동에 주공 아파트를 마련해 준 덕에 일은 일사천리로 진행되었다. 얼마 전까지만 해도 남이었던 사람들이 함께 사는 것은 여간 힘든 일이 아니었다. 하지만 나는 한 아이의 엄마가 되었으므로 이제는 강해져야 했다.

　시간은 빠르게 흘러 7월 중순 남편이 귀국했다. 6개월 만에 재회한 남편은 살이 쏙 빠져 있었다. 그때까지 본 모습 중에 가장 마른 모습이었다. 이발비를 아끼려고 그랬는지, 시간을 아끼면서 공부하느라 그랬는지 머리는 온통 장발이었다. 생소한 모습이었다. 가족들이, 특히 딸이 보고 싶어서 많이 힘들었다고 했다. 딸을 처음으로 품에 안아본

아기 아빠는 그제야 활짝 웃어 보였다. 어느덧 내 눈시울도 붉어지고 있었다.

누군가의 아내가 되는 것은 생각보다 훨씬 더 많은 인내심을 필요로 한다. 상대방을 이해하기 위해 어떤 때는 힘들었던 과거 이야기에도 귀를 기울여야 하고, 어떤 때는 도통 이해할 수 없는 일도 경청해야 한다. 그 또한 내가 선택한 사람의 수많은 면모 가운데 하나가 아니던가. 서로의 부족함을 끌어안고 사는 것이 우리네 인생살이 아니던가.

아이들 교육 이야기

나는 아이가 셋이다. 결혼한 이듬해
인 1980년 태어난 예쁜 첫째 딸. 그리고 2년 후인 1982년
에 얻은 듬직한 아들. 뒤늦게 낳은 사랑스런 막내딸까지.
우리는 새로 이사 온 과천에서 아이들을 유치원에 보냈다.
내 나이 서른한 살에 큰딸이 과천의 초등학교에 입학했고
아들은 태권도 학원에 다녔다. 그러다가 회사가 있는 여의
도에서 가까운 신길동 우성아파트로 이사했고 아들은 거
기에서 초등학교에 들어갔다. 아이들은 별 탈 없이 무럭무
럭 컸고 공부를 잘하는 축에 속했다.

1991년 11월 말에 셋째가 태어났다. 딸이었다. 막내는 큰아이와 띠 동갑이고 아들과는 아홉 살 차이다. 우리는 아이들 할머니까지 여섯 식구가 되었다. 서른여섯 살의 나는 그 당시로는 늦둥이를 낳은 셈이었다.

언니의 동생 사랑은 지금까지 끝이 없다. 막내딸은 자라면서 자신에게는 부모님이 '두 벌'이라고 했다. 부모가 한 벌, 언니 오빠가 또 한 벌이란다. 막내가 유치원에 다닐 때였다. 큰딸이 어느 날 방에다 은하수를 만들었다. 방 천장에 무수히 많은 야광 별과 달을 붙여 놓았다. 막냇동생을 위해서였다. 밤에 불을 끄고 누우면 은하수가 따로 없었다. 자매는 밤이면 누워서 은하수를 쳐다보며 알콩달콩 다정한 시간을 보냈다. 막내에게는 할머니와 언니와 함께한 그 시간이 유년 시절의 소중한 추억이 되었을 것이다.

큰딸은 신길동에서 여중에 입학했다. 1학년 담임은 음악 선생님이었다. 딸은 피아노를 본격적으로 배우진 않았지만 그래도 반 학생 중에서는 제일 많이 배운 터라 합창 대회에서는 반주를 담당했다. 방학 때는 학교에서 작곡 특강을 듣기도 했다. 그해 가을 열린 음악콩쿠르에서 딸은 큰상을 받았다. 방송국 PD로 일하는 딸의 음악 사랑은 이 때부터 시작되었다.

아이는 공부를 잘했다. 그래서 우리 부부는 딸이 중학교 1학년이 끝나갈 무렵에 목동으로 이사할 것을 결정했다. 당시의 목동은 지금처럼 대규모 아파트 단지가 많지는 않았으나 서울의 신흥 우수 학군으로 급부상한 지역이었다. 아이들의 교육을 위해 결단을 내린 셈이었다. 그리하여 우리 가족은 정든 이웃과 동네를 떠나게 되었다.

새 학년이 된 딸은 목동에서 첫 시험을 봤다. 수학이 60점대였다. 시험지를 받아든 아이는 집까지 눈이 퉁퉁 붓도록 울면서 왔다. 최상위권을 유지하던 아이였으니 그 상실감이 어마어마했을 것이다. 전교 등수도 뚝 떨어졌다. 남편과 나는 특단의 조치를 취했다. 대학 시절 전자공학을 전공한 남편이 수학을, 고등학교 시절 영어 과목에서 둘째 가라면 서러웠던 내가 영어를 봐주기로 한 것이다. 특별 과외가 제대로 효과를 보았는지 딸의 성적은 2학년이 되자 다시 한 번 전교 최상위권으로 치고 올라갔다. 이때의 자신감을 발판 삼아 더욱 열심히 공부한 딸은 외고에 진학하는 쾌거를 이뤘다.

아들은 넓은 초등학교 운동장에서 방과 후 매일 축구를 했다. 컴퓨터 게임도 밤늦게까지 했다. 이문열 삼국지를 몇 번이나 탐독했는지 친구들과 의형제를 맺으며 목동 생활에 완전히 뿌리를 내렸다. 그러면서 6학년 때는 KBS 1TV의 〈우리들 세상〉이라는 초등학생 퀴즈 프로그램에 나갔다. 가수 '소방차'의 인기 멤버 정원관이 사회를 보았다. 친구 넷과 함께 출전한 장원 전에서 팀을 승리로 이끌었다. 이때 부상으로 팀원 4명 모두 486 컴퓨터를 받았다. 중간에 승리할 때마다 클래식 CD전집 등 학생에게 꼭 필요한 상품도 받았다. 공부의 기운이라도 물려받았는지, 아들도 누나를 따라 외고 영어과에 진학했다.

막내는 목동에서 유치원을 2년, 미술유치원을 1년 다녔다. 어려서부터 그림 그리기를 좋아했다. 내게 데생의 기초와 수채화를 배운 막내는 그림에 재능을 보였다. 또 미국 이모가 보내 준 디즈니 애니메이션 비디오를 보고 자라서인지 특히 만화와 애니메이션을 좋아했다.

막내는 초등학교 때부터 장래 희망이 만화가였다. 초등학교와 중학교를 다니는 동안 교내 미술 실기대회에서 크고 작은 상을 여러 차례 받았다. 학교 건물 몇 층에 해당하는 대형 걸개그림까지 제작했다.

중3이 되던 어느 날, 막내는 만화를 공부할 수 있는 학교에 진학하고 싶다고 했다. 우리 부부로서는 처음 들어보는 생소한 고등학교였다. 남편은 그 학교에 가야 할 당위성을 브리핑해 보라며 1주일 간 시간을 주었다. 막내는 열심히 준비했다. 언니를 대동하고 식탁에 네 명이 앉았다. 막내는 준비한 A4 용지의 내용을 열정적으로 브리핑했다. 브리핑은 설득력이 있었다. 아빠의 오케이 사인이 떨어졌다. 잠실까지 학원에 다니며 입시를 준비한 막내는 원하던 학교의 만화창작과에 진학했다.

삼 남매는 학교와 전공을 모두 본인의 자유의지로 선택했다. 나는 아이들의 의사를 존중했고, 큰 울타리만 쳐주었을 뿐 세세하게 간섭하지 않았다. 큰 시야에서 관망하며 자유방목으로 풀밭에 풀어놓고 키웠다. 그러나 남편은 아이들에게는 엄부였다. 어렸을 때는 엄격하고 아이들이 커가면 풀어준다는 생각이었다. 우리는 '엄부자모' 시스템을 자연스레 갖게 되었다. 나는 아이들의 유치원·초등학교·중학교 시절 명예교사를 여러 차례 했다. 학교에서 매주 미술 특활지도도 하고 스승의 날 훈화도 했다. 소풍이나 야외로 체험학습 갈 때는 인솔 교사를 도왔다. 이렇듯 자녀 교육에 참여하면서 선생님들과 소통하는 게 나의 교육 방식이었다.

현재 삼 남매는 모두 각자가 원하는 대학을 졸업한 후 짝을 찾아 가정을 꾸렸다. 막내딸은 20대에, 위의 둘은 30대 초·중반에 결혼했다. 믿음직한 사위가 둘, 사랑스런 며느리가 한 명이다. 지금은 예쁜 손녀와 잘생긴 손자도 있다. 나는 이제 나에게 맡겨진 인생의 큰 숙제를 다 마친 듯하다.

Part 2
모든 것이 그립고 되돌아보면

영등포 박소아과 의원

눈을 감으니 눈앞에 갈색 연기가 피어오르는 듯하다. 그 연기가 조금씩 걷히며 다다미방이 보이기 시작한다. 나의 기억 속 유년 시절의 첫 집이다.

내 기억 속의 다다미방은 1층의 미닫이문을 열면 안쪽에 있었다. 안방으로 쓰던 큰 방이었다. 안방 오른쪽으로 부엌이, 부엌 옆에는 우리가 식사하던 방이 있었다. 1층 구석에는 2층으로 올라가는 나무 계단이 있었다. 2층의 방들도 다다미방이었다. 첫 번째 방에는 가구와 전축이, 또 다른 방에는 언니, 오빠들의 책상이 놓여 있었다.

우리가 살던 곳은 적산가옥이라고 불리는 집이었다. 일본 사람들이 떠나면서 남겨 놓은 집이라 해서 그렇게 불렀다. 1층 작은 거실 끝자락과 이어져 있는 큰 공간에서 아버지는 '박소아과 의원'을 운영하고 계셨다. 1960년대 한강 이남에는 병원 수가 손가락으로 꼽을 정도였기에 환자가 항상 많았다. 아버지는 언제나 하얀 의사 가운을 입고 계셨다.

　부모님은 모두 평안북도 출신이다. 아버지는 벽동 제재소 집 아들, 어머니는 신의주 정미소 집 딸이었는데 결혼 후에는 중국 만주에 터전을 잡고 살았다고 한다.

　부모님이 남으로 내려오게 된 경위는 일본이 패망하면서 만주에 공산 세력이 밀어닥쳤기 때문이었다. 서울 유학 경험이 있던 부모님은 일가친척들과 함께 서울로 내려가기로 결단을 내렸다. 1945년 10월의 일이었다. 중국 북동부의 간도(間島), 연변(延邊), 도문(圖們)을 지나 북한을 가로지르는 피란길은 보름이 걸리는 대장정이었다. 탈 없이 이동을 하기 위해서는 요소요소에서 마주친 북한 경비병들에게 몇 푼씩을 쥐어주어야 했다.

일본인들이 물러간 한반도에는 전운이 감돌고 있었다. 서울도 예외는 아니어서 가는 곳마다 혼란스러웠다. 결국 남한에 자리를 잡은 지 5년 만에 6·25 전쟁이 일어나고 말았다.

　우리 가족은 다시 부산으로 발걸음을 옮겼다. 어린 자식을 넷이나 데리고서 부산으로 내려가야 했으니 얼마나 힘겨웠으랴. 피란 중에 돌도 안 된 둘째 오빠가 병을 얻어 세상을 떠났고 네 살짜리 둘째 언니를 잃어버렸다가 겨우 되찾기도 했다. 임신 중이었던 어머니는 경황 속에서도 슬픔을 애써 다스려야만 했다. 다행히도 부산에 도착한 뒤 어머니는 셋째 언니를 무사히 낳았다. 셋째 언니의 이름에 들어가 있는 경상도 '경'(慶)자는, 어쩌면 우리 가족이 어지러운 시절을 통과해낸 하나의 증표일지도 모른다.

　전쟁이 끝난 후 다시 돌아온 서울에서 나는 첫 울음을 터뜨렸다. 1956년 2월의 일이었다. 사남 오녀 아홉 남매였지만 막내딸인 나는 아버지의 사랑을 듬뿍 받고 자랄 수 있었다. 병원 신축을 위해 당산동 초입에 있는 한 주택으로 이사를 가기 전까지 영등포 적산가옥은 우리 가족의 든든한 보금자리가 되어주었다.

지금도 꿈을 꾸면 그때의 적산가옥 뒷마당이 나온다. 샤갈의 작품 〈도시 위에서〉처럼 내 몸이 마당으로부터 솟구쳐 올라 총천연색 지붕 위를 한없이 날아다니다 보면 무척 자유롭고 행복한 기분이 든다. 세상의 모든 것이 변한다지만 아름다웠던 어린 시절의 추억만큼은 변하지 않는 모양이다.

하얀목련 1,2 | 53 x 45.5cm | Oil on canvas | 2015

세상의 모든 것이 변한다지만

아름다웠던 어린 시절의 추억만큼은

변하지 않는 모양이다.

내 고향 영등포
....

           내가 살던 영등포는 서울의 부도심
이었다. 동쪽으로는 대방동, 노량진, 흑석동, 상도동이 있
었고 서남쪽으로 문래동, 구로동, 양평동 등이 있었다. 흑
석동 너머 반포와 강남, 양남동 너머 목동, 화곡동 등은 한
참 후에 생겨났다. 지금은 서울디지털산업단지로 변모한
구로동, 가리봉동 일대에는 크고 작은 공장이 많이 들어
섰다. 구로공단의 전신이다. 전국 각지에서 올라온 수많은
노동자들이 그곳에서 구슬땀을 흘리며 일했다. 그리하여
영등포에는 각종 상업시설과 시장, 관공서는 물론 병원이

나 백화점, 유흥시설 등이 많이 생겨나게 되었다.

도심지를 조금만 벗어나면 한강이 한 눈에 펼쳐졌다. 내가 중학교에 들어가기 전까지만 해도 마포에 가려면 나룻배를 타거나 빙 돌아서 한강대교를 건너가야 했다. 여의도에는 공군기지로 사용되는 비행장이 있었고 겨울이 오면 샛강으로 스케이트나 썰매를 타러 가곤 했다.

내가 나고 자라고 청소년기를 보낸 영등포는 이렇게 복합적인 특성이 있었다. 그 영등포에서도 가장 복잡한 곳 가운데 하나가 우리 병원이 있는 영등포 로터리 부근이었다. 길게 늘어선 시장을 끼고, 연흥극장, 영보극장, 경원극장 등이 서로 마주 보며 모여 있었다.

내가 기억하는 배우로는 김지미, 신성일, 엄앵란, 신영균, 최무룡, 허장강 등이 있다. 한국 영화사에 기념비적인 배우와 수많은 명작 영화들이 바로 이 시기에 만들어졌다. 다른 오락거리를 찾기 힘든 시절이어서 영화관은 사람들에게 즐거움과 재미를 선사하는 거의 유일한 문화공간이었다. 1960년대만 해도 강남이나 목동이 개발되지 않았으므로 한강 이남은 물론 멀리 김포와 안양에서도 영화를 보러 오는 사람이 많았다.

당시엔 상영 중인 영화와 상영 예정인 영화 내용을 아주 커다란 간판에다 총천연색으로 그려서 영화관 입구 양쪽에 붙여 놓고는 했다. 남녀 주연배우를 얼마나 닮게 그리느냐가 영화관 화가의 실력이었다. 극장 간판을 그리던 화가들은 대부분 정식 미술교육을 받지 않았지만 뛰어난 인물 묘사로 시민들에게 볼거리를 안겨다 주고는 했다.

호기심 많고 짓궂은 동네 아이들은 검표원이 잠깐 자리를 비우거나 한눈을 팔면 번개처럼 내달려 깜깜한 어둠 속 영화관에 입성하고는 했다. 학교 다녀오는 길에 남자아이들 여럿이 극장 속으로 달음박질 하던 모습은 지금 생각해 봐도 웃음이 난다.

아이들이 유난히 많은 시절이었다. 당시 초등학생들은 6·25전쟁 이후에 태어난 이른바 '베이비 붐' 세대였다. 한 반에 6, 70명 정도의 아이들이 수업을 듣는 교실은 종종 콩나물시루에 비유되곤 했다. 교실이 부족해 대부분의 학교에서는 학생들이 오전반, 오후반을 나눠 등교했고, 쉬는 시간이면 아이들이 떠드는 소리에 교실 천장이 날아갈 듯했다. 집집마다 아이들이 넷에서 여섯 정도 있었는데 우리

영근이네
목욕탕
영등포
시장
영등포
로터리
극장방향 →
낙숙 언니네
페인트가게
중앙예식장
명순 언니집
예식장 집
영길이네
기름집
내가 놀던 골목길
박소아과
우리집
성녀 언니집
충무병원
만화
가게
일신
산부
인과
조흥은행
영등포역 방향
영등포
소방서
경성방직(현 신세계 타임스퀘어)

영등포는 내 어린 시절이

고스란히 담겨 있는 영원한 마음의 고향이다.

H네 기름집에서 풍겨오는 고소한 냄새를 맡으며

놀다 보면 어느새 해가 뉘엿뉘엿 넘어가고는 했다.

집은 구 남매로 당시에도 가장 많은 편에 속했다. 어른들이 몇 형제나 되는지 물어보면 나는 그렇게 부끄럽고 창피할 수가 없었다. 형제가 많으면 내가 어딘가 좀 모자라 보일 수도 있지 않을까 하는 순진한 고민을 했던 것이다.

고학년이 되고 나서는 대부분 노란색 양은 도시락에 밥을 싸서 가지고 다녔다. 요즘 추억의 도시락이라고 부르는 바로 그 도시락이다. 밥이 80퍼센트 이상이었고 반찬은 도시락 한쪽 귀퉁이에 담겨 있었다. 점심시간만 되면 도시락에서 각종 반찬 냄새가 진동했는데, 난롯가에 앉은 아이들은 짬짬이 도시락을 난로 위 아래로 바꿔주었다. 조개탄 난로 주위에 모여 앉아 까먹는 도시락 맛은 정말 꿀맛이었다.

학교 밖에는 다양한 먹거리가 있었다. 특히 해삼 멍게를 팔러 다니는 아저씨가 나타나는 날에는 기분이 매우 좋았다. 해삼 멍게는 내가 가장 좋아하던 간식이었기 때문이다. 아저씨는 '구루마'라고 부르던 손수레에 가지런히 손질해 둔 해산물을 가득 싣고 돌아다녔다. 포크나 플라스틱 제품이 귀했던 시절이어서 우리는 옷핀을 늘려 포크 대용으로 사용했다. 초고추장에 찍어 먹는 해삼과 멍게 맛은 그야말로 일품이었다.

하굣길 단골 식품으로는 뽑기나 각양각색의 불량식품이 있었다. 삼립식품에서 출시된 크림빵은 당대 최고의 식품으로 전 국민의 열광을 이끌어냈다. 훗날 드라마로 대히트를 친 〈제빵왕 김탁구〉가 삼립식품 창업자의 성공 스토리에서 모티브를 따왔을 만큼 당시 인기는 엄청났다. 냉차와 아이스케이크 역시 빼놓을 수 없다. 그때는 냉장고가 귀하던 시절이라 냉차나 아이스케이크는 여름에만 접할 수 있는 귀한 간식거리였다. 용돈이 없는 아이들에겐 냉차가 그림의 떡일 뿐이었다. 배달앱 하나면 언제 어디서든 맛있는 음식을 받아먹을 수 있는 오늘날과 비교하면 정말 까마득한 옛날이야기가 아닐 수 없다.

요즘도 영등포와 여의도 일대를 지날 때면 나의 무의식은 자연스럽게 그때 그 시절로 돌아가곤 한다. 나물 캐고 스케이트 타던 한적했던 동네는 이제 한국에 없어서는 안 될 정치·경제적 중심지로 변모했다. 하지만 그때 그 시절의 영등포는 앞으로도 영원히 내 가슴 속에 살아 있을 것이다.

기억의 저편 | 116.9 x 91cm | Watercolor on paper | 2010

정물 | 73 x 60.6cm | Watercolor on paper | 2006

인생의 단맛과 쓴맛

초등학교에 막 들어갔을 무렵 아
버지가 무의촌 공의(公醫)로 발령이 났다. 나라에 병원과
의사가 턱없이 모자라던 시절이었다. 대학에 막 들어간 큰
언니를 중심으로 나이가 많은 형제들은 서울에 남았고, 부
모님은 나와 어린 형제들을 데리고 충북 괴산에 있는 감물
면으로 향했다. 졸지에 자식들 절반을 놔두고 시골로 내려
가야 했던 부모님의 심정이 어땠을지 짐작도 못한 채, 나
는 마냥 들떠 있었다. 전학생이 되는 것도 좋았고 자그마
한 초등학교 교사(校舍)가 정말 마음에 들었다.

등교 첫날 언니와 나는 원피스를 입고, 호랑이 얼굴이 그려진 빨간 가죽가방을 메고 학교에 나갔다. 그 모습이 꽤 멋지게 보였던지 시골 아이들은 우리 뒤를 졸졸 따라다녔다. 그 애들은 하나같이 운동화가 아닌 검정 고무신을 신고 있었고, 교과서는 보자기에 둘둘 말아 허리춤에 묶고 다녔다. 우리 자매도 금방 가죽가방을 던져버리고 책보자기를 허리춤에 묶고 다녔다.

뒤로 야트막한 산이 있는 우리 집은 마을이 내려다보이는 약간 높은 곳에 위치해 있었다. 동네에는 초가집이 많았는데, 우리 집은 슬레이트 지붕으로 된 일자집이었다. 넓은 마당에 우물이 있었고 조그마한 텃밭이 딸려 있었다.

당시 감물은 전기도, 수도도 들어오지 않는 두메산골이었다. 사람들은 화장실에서 담뱃잎으로 뒤처리를 했고 밤이면 등유를 넣은 호롱불을 켰다. 우리 식구들도 화롯불에 고구마, 감자, 완두콩 따위를 구워 먹기도 하며 긴 겨울밤을 보냈다. 우물물을 길어서 먹고 아궁이에 장작을 때서 밥을 하는 등 서울에서 해보지 못한 많은 것을 체험했다. 밤하늘에 쏟아지는 별들도 보았고 보름 달빛에 잠 안 자고 마당에서 동생들과 뛰어놀기도 했다.

얼마 지나지 않아 나는 완전한 시골아이가 되었다. 충청도 사투리를 썼고, 얼굴도 까무잡잡하게 변했다. 고무신을 신고 시냇가 바윗돌 위를 뛰어다니며 친구들과 물장난을 쳤고 담배밭 두렁에서도 놀았다. 당시 9살이던 언니는 '몽실 언니'처럼 막냇동생을 업어주곤 했다. 엄마 대신 동생들을 돌보아주며 큰누나 역할을 도맡았다. 언니는 나와 2살 터울이었지만, 존재감이 남달랐다. 나는 철없이 동생들과 뛰어놀기만 했다.

이렇듯 우리 다섯 남매는 전깃불도 없는 시골 마을에서 부모님의 사랑을 듬뿍 받으며 해맑게 자랐다. 훗날 어머니도 그 당시의 오붓한 시골 생활이 인생에서 가장 행복한 시간 중 하나였다고 회상하곤 했다.

1년간의 두메산골 생활이 끝나갈 무렵이었다. 충북도청 의무과장으로 전보된 아버지를 따라 우리 일곱 식구는 청주로 이사해야 했다. 어쩐지 이번에는 처음처럼 흥이 나지 않았고 더럭 겁부터 났다. 빠른 생일 탓에 이른 나이에 학교에 들어간 것도 은근히 부담이었다. 게다가 청주는 감물과 달리 어엿한 도시였다. 이미 순박한 시골아이가 돼 버린 나는 집에 수돗물이 나오고 전깃불이 들어오는 것조차 낯설게 느껴졌다. 학교에 간 첫 날, 웬 여자아이가 나에게 다가와서는 책상을 툭툭 쳤다.

"야, 너."
"나 말이야?"
"그래, 너. 돈 좀 있어?"

처음에는 빌려 달라는 소리인 줄 알았다. 말없이 돈을 쥐어주는 내가 만만해 보였던 것일까. 다음날부터 본격적으로 괴롭힘이 시작되었다. 당시 아버지는 월급날이 되면 우리 형제들에게 용돈을 나눠 주셨는데 그 귀한 돈을 모조리 그 아이에게 갖다 바쳐야 했다. 눈깔사탕 따위의 간식을 빼앗긴 기억은 지금 생각해도 몸서리가 쳐진다. 그건 내가 태어나서 처음으로 겪은 인생의 쓴맛이었다.

성적도 '미미양양가'로 떨어졌지만 부모님이나 형제들 누구에게도 털어놓을 수가 없었다. 한마디로 청주 생활은 악몽의 연속이었다. 내 인생에서 청주 시절을 애써 지워버린 것처럼 학교 이름도 새까맣게 잊어버렸다.

드디어 감옥에서 탈출할 날이 왔다. 아버지께서 수원교도소 의무과장으로 발령이 난 것이다! 우리 가족은 수원의 어느 기찻길 옆 단독주택을 얻어 이사를 갔다. 이미 지칠대로 지쳐 있던 나는 학교생활에 더 이상 큰 기대를 걸지 않았다.

다행히 넷째 언니의 도움으로 친구가 생겼다. 언니는 성격이 쾌활하고 우스갯소리를 잘해서 동네 아이들 사이에서 제법 인기가 높았다. 덕분에 난 또래는 물론 언니 친구들과도 두루 어울릴 수 있었다.

기찻길에서 노는 법을 배운 것도 수원에서였다. 양쪽 레일을 잇는 침목을 깡충깡충 뛰어넘기도 하고 레일 위에 쇠꼬챙이나 못 같은 것을 올려놓고 납작해지는지 확인하기도 했다. 지금 생각하면 정말 위험하기 짝이 없는 놀이였다. 그로 인해 큰 사고가 일어나 승객들이 위태로워졌을지 모를 일이니까. 그러나 당시는 아이들의 안전이나 사고에 신경 쓸 만한 여력이라곤 없던 시절이었다. 엄마가 부르는 소리를 듣고서야 아이들은 하나둘씩 집으로 돌아갔다.

우리는 이런 식으로 3년 동안 해마다 학교를 옮겨 다녔다. 이렇다 할 친구를 사귈 수도, 공부에 흥미를 붙일 수도 없었다. 지금까지 스스로를 내성적인 성격이라고 생각하고 살았는데 지금 와서 생각하니 그 시절의 영향이 아닐까 싶다. 그때의 아픔을 부모님은 아셨으려나.

이렇듯 타향살이 3년은 나에게 행복과 불행, 그리고 다시 행복으로 이어진 시간이었다. 어린 시절 느꼈던 인생의 단맛과 쓴맛은 나의 삶에 많은 자양분을 남겨주었다.

작은 아씨들

나는 언니가 넷인 언니 부자이다. 내가 중학교에 들어갈 무렵 언니들은 각각 중학교 3학년, 대학교 1학년, 대학교 3학년, 막 대학을 졸업한 사회 초년생이었다. 부모님은 늘 바쁘셨으므로 언니들은 나를 포함해 어린 동생들을 기르다시피 했다.

병원 신축을 하고 나서 우리 집은 3층짜리 건물이 되었다. 우리 남매들은 3층에 있는 방 여섯 개를 나누어 사용했는데, 나는 식사 때를 제외하곤 언니들과 늘 3층에서 생활했다. 언니들로부터 많은 것을 듣고 배울 수 있었기에 또래 아이들보다는 좀 더 조숙한 청소년기를 보낼 수 있었다.

제일 큰언니는 클래식 광이었다. 언니는 당시 외국에서 수입한 LP 원판을 사 모으는 것이 취미였다. 뿐만 아니라 우표 수집과 독서 등 고상한 취미의 소유자이기도 했다. 그러면서 공부 역시 상위권을 놓치지 않는 모범생이었다. 우리 자매들도 큰언니를 따라 우표 수집과 독서에 열을 올렸다. 이름도 어려운 음악가의 클래식 음악도 열심히 들었다. 큰 언니는 내가 중학교에 들어가던 해에 시집을 갔다.

둘째 언니는 남다른 멋쟁이였다. 이대에서는 매년 오월의 여왕, 메이퀸을 뽑는데 4학년 때 언니가 바로 과 퀸이 되었다. 170센티미터의 늘씬한 키에 모델같이 멋졌으니 당연한 결과인지도 모른다. 가수 윤복희가 처음으로 미니스커트를 입었던 그 시절, 언니도 과감하게 미니스커트를 입었다. 둘째 언니는 패션뿐만 아니라 음악도, 노래도, 영화도, 운동도 좋아했다. 다방면에 취미가 많은데다 성격도 외향적이었다. 글까지 잘 썼던 언니는 방송계에 종사했다면 좋았을 뻔했다. 시대를 20년만 늦게 타고났어도 이룰 것이 많았으리라.

셋째 언니는 문학소녀였다. 조용하고 심성도 고운 데다, 깊은 통찰력이 있었다. 무엇이든 과하거나 모자라지 않았다. 남녀공학 대학에 들어간 언니는 남학생들에게 흠모의 대상이었다. 사실 셋째 언니는 내 사춘기 시절 롤모델이었다. 언니 덕분에 문학에 눈을 떴고 그림에도 관심을 두게 되었으니 말이다. 언니 책꽂이에 있던 영미권 시인과 소설가들의 책을 접하며 많은 흥미를 느끼게 되었다. 언니는 어른이 되면서 외유내강이 되어 갔는데 나도 조금씩 닮아 가는 것 같다.

넷째 언니는 해피 바이러스였다. 나와 두 살 차이지만 동갑내기 친구나 다름없었다. 쾌활하고 명랑한 성격의 소유자였으므로 함께 있으면 심심할 일이 없을 정도로 재미있었다. 우리 둘은 대학생 언니들의 모든 것들을 흡수하며, 그 문화를 같이 배웠다. 사춘기도 앞서거니 뒤서거니 하며 보냈다. 모든 것을 함께했으니 넷째 언니와 나는 평생의 단짝이라고 할 수 있다.

언니들에 대한 추억에는 라디오가 빠질 수 없다. 〈0시의 다이얼〉, 〈밤을 잊은 그대에게〉는 우리가 특히 즐겨 들었던 프로그램이다. 둘째 언니는 심야에 방송하는 프로그램에 많은 사연을 보내곤 했다. 글 솜씨가 좋아 당첨 확률이 꽤 높았다. 언니의 이야기에는 우리가 함께 겪은 사연도 담겨 있었다. 그런데도 디제이의 목소리를 통해 들으면 다른 사람이 겪은 일인 양 색다른 느낌이 들었다.

우리 다섯 자매는 소설 속 '작은 아씨들'처럼 외모도 취향도 달랐지만 서로를 아끼는 마음만큼은 같았다. 생각해 보면 막내인 나는 언니들의 장점을 조금씩 배워왔던 것 같다. 배울 상대가 넷이나 되었으니 얼마나 감사한 일인가. 아, 때로는 그 시절 찍었던 사진 속 우리를 보며, 딱 삼십 분만이라도 사진 속으로 들어가 언니들과 보았던 그 아름다운 장소에 머무르고 싶어진다.

아낌없이 주는 나무

       아버지의 얼굴은 언제나 다정하고 인자한 중년의 모습이었다. 하얀 가운을 입고 환자를 돌보던 아버지의 모습. 그것이 내 뇌리에 각인된 아버지의 전형적인 이미지였다.

  나는 아버지를 모시던 남동생이 보관하고 있던 앨범에서 예전의 가족사진을 볼 수 있었다. 거기엔 내가 그동안 보지 못했던 젊은 시절 아버지의 빛바랜 사진이 몇 장 남아 있었다. '영등포 박소아과' 글자가 새겨진 현판 앞에서 한껏 멋진 자세를 취하고 있는 30대 시절의 아버지부터 어머니와 단둘이 찍은 40대 시절의 아버지까지. 178센티미터의 훤칠한 키에 호남형인 아버지는 옛날 영화배우들만큼이나 인물과 체격이 출중하셨다. 흡사 배우 김희라의 아버지인 김승호를 닮은 듯했다. 아버지의 젊은 시절 모습은 나에게 '청년의사 박명호'라는 한 멋진 남자의 이미지를 떠올리게 했다. 아버지도 한때는 뭇 여성들의 마음을 설레게 할 만한 훈남이었던 것이다.

아버지는 우리 가족의 울타리였다. 우리가 세상 풍파와 직접 맞싸우지 않고도 살아갈 수 있도록 바람막이가 되어 주셨다. 갖고 싶은 물건, 하고 싶은 일을 모두 가능하게 해 주셨다. 쉽지만은 않은 일이었을 것이다. 그래도 아버지는 늘 우리에게 다정다감하셨다. 특히 막내인 내게 늘 많은 사랑과 관심을 주셨다.

아버지는 내가 몸살감기에 걸리면 그 귀한 파인애플 통조림을 사다 주시곤 했다. 이상하게 이것만 먹으면 입맛이 돌아오곤 했다. 영등포시장은 당시 서울에서 몇 손가락 안에 꼽을 정도로 큰 시장이어서 없는 게 없을 정도였다. 미군 부대에서 흘러나온 미제 물건을 파는 가게도 있었다.

아버지는 환자 보는 일을 숙명처럼 여기셨다.

아홉 남매를 살뜰히 먹여 살리신 아버지와 어머니는

어린 시절 우리들의 든든한 버팀목이 되어주었다.

병원 일을 끝내고 시장을 돌아다니며 통조림을 구하셨을 아버지의 모습이 지금도 눈에 선하다. 스무 살 성인이 될 때까지도 아버지는 내가 아프다는 이야기를 들으면 파인애플 통조림을 사오셨다. 마치 어떤 병이든 그걸 먹으면 낫는다는 듯이.

동료 의사들과 술 한 잔 걸친 날에는 센베이 과자를 양손 가득 사오시기도 했다. 간호사 언니들과 약포지를 접으며 놀던 나는 아버지가 들어오시면 부리나케 달려가 아버지를 맞았다. 아버지는 내가 과자를 집어먹는 모습을 보며 흐뭇한 미소를 짓곤 하셨다. 아버지의 사랑이 느껴져 행복한 시간이었다.

아버지는 80세에 은퇴할 때까지 환자를 계속 돌보셨다. 환자를 진료하는 일은 아버지에겐 눈을 뜨면 해야 하는 일, 숨 쉬는 것처럼 자연스러운 일이었다. 동시에 당신이 살아 계신다는 의미를 끝없이 부여하는 일이기도 했다.

그러나 아버지는 말년에 허리 병을 얻어 크게 고생하셨다. 평생 의자에 앉아 환자를 보면서도 당신의 건강에 주의를 기울이지 않은 탓이었다. 몇 차례 수술을 받았으나 아버지의 허리는 큰 차도가 없었다. 아버지는 괴로워하시면서도 자식들 앞에서는 절대로 미소를 잃지 않으셨다. 애써 괜찮은 척하시는 아버지를 보며 순간순간 감정이 울컥 솟아올랐지만 나 역시 내색할 수는 없었다. 아버지는 어머니를 먼저 보낸 뒤에 10년을 더 사시고 91세에 조용히 눈을 감으셨다.

　나는 아버지의 삶에 어떠한 존재였을까? 나 역시 자식들에게 그러한 사랑을 베풀었던 존재로 남을 수 있을까?
　아, 아무래도 아버지 같은 어른이 되려면 아직 멀었다. 일평생 의사로서, 가문의 어른으로서 살다 가신 아버지. 일가친척을 일일이 챙기고 자식들에게 늘 한결같은 사랑을 주셨던 아버지. 성실하고 또 성실하게 하루하루를 사는 모습을 보여주심으로서 우리에게 크나큰 교훈을 남겨주셨다. 힘든 인생길을 걷다가도 버틸 수 있었던 건 어쩌면 아버지의 그런 모습을 조금이나마 닮으려고 애썼던 덕분인지도 모르겠다.

그리운 어머니

우리 남매는 어머니로부터 살가운 정을 별로 받아 보지 못하고 자랐다. 아홉 명의 자녀 외에도 간호사, 청소원, 주방 아주머니까지 포함해 그야말로 대식구의 안주인으로서 챙겨야 할일이 많았기 때문이다. 그런 연유로 어머니는 자녀들의 학교 한 번 찾아가지 않았다. 학교 교육에도 관심을 기울이지 않는 듯했다.

그러나 평생을 기독교 선교에 헌신했던 어머니는 신앙생활만큼은 누구보다 열심이셨다. 어머니는 아침마다 병원 대기실에서 예배를 드렸다. 우리 가족은 물론 진료를 받기 위해 대기 중인 환자들과 보호자들, 간호사들을 대상으로 하는 예배였다. 그러나 종교에 대한 확신이 서지 않았던 나는 그런 강제 예배가 매우 싫었다. '왜 우리 엄마는 이토록 자기중심적일까?' 하고 불만을 터뜨리기도 했다. 사적인 예배를 왜 공적인 공간에서 하는지 도통 이해할 수 없었다.

　어머니는 특히 함께 숙식하던 간호사들에게 살갑게 대하였다. 먹는 것도 똑같이 나누었고 자녀와 직원들을 조금도 차별하지 않으셨다. 이렇게 계속되는 어머니의 사랑에 감동하여 입교하는 사람들이 점차 늘어났다. 병원 사무장과 결혼한 P 언니를 비롯한 우리 병원 출신 간호사 언니들은 결혼한 후에도 성경공부를 하며 독실한 신앙생활을 이어나갔다.

　우리 병원은 3층 건물로 꼭대기에 옥상이 있었다. 병원 옥상에는 빙 둘러 큼지막한 화단과 탁구대, 그리고 방이 두 개 더 있었는데, 그 공간은 어머니의 기도방과 창고로 쓰였다. 어머니는 하루 일과가 끝나면 기도방에서 기도를 하거나 성경 강독을 하고는 했다. 그래서 어머니를 부르려면 늘 옥상으로 달려가야 했다. 그 방은 시골 개척교회 목사님, 전도사님들의 숙소로 사용되곤 했는데, 옆방 창고에는 그런 목사님들에게 드릴 여러 가지 생필품이 가득 쌓여 있었다.

특히 흑산도에서 사목하던 장기실 전도사님은 서울에 올라올 때마다 기도방에 오래 머무르셨다. 고 장기려 박사님의 사촌 여동생인 그분은 독신으로 평생을 기독교 발전에 헌신한 분이었다. 나는 나이 많은 전도사님이 우리 집에 머무시는 것이 너무 싫었다. 병원 식당에서 마주칠 때에도 피하고는 했다. 지금 생각해 보면 얼굴이 화끈 달아오른다.

어머니는 어려운 목회자들을 위해 경제적 지원을 아끼지 않았다. 부모님은 이 일로 가끔 언성을 높이셨으나 아버지는 어쩔 수 없이 병원 수입의 상당 부분을 선교 사업에 내놓을 수밖에 없으셨다. 어머니의 종교적 신념이 아버지보다 훨씬 더 세었으니까.

어머니는 또 매년 김장을 담그셨다. 병원 뒤쪽 마당 문을 활짝 열어젖히면 트럭이 배추와 무, 파, 마늘 등 김장거리를 가득 싣고 들어왔다. 교회 집사님들과 병원 주방 아주머니들로 이루어진 대부대가 달려들어 절인 배추를 씻고 속을 채우고 나면 며칠 만에 김장이 끝났다. 차곡차곡 쌓아놓은 배추는 산처럼 높았다. 김치를 담그고 나면 제일 먼저 목사님 댁과 교회 종사자들께 가져다주셨다. 그날 수고하신 분들과 다른 교회의 사역자들 그리고 친척들에게도 골고루 전해졌다. 어머니는 이렇듯 나누고 베푸는 일을 당신의 소명처럼 알고 몸소 실천하셨다. 김장 행사는 어머니가 몸이 약해지시기 전까지 계속되었다. 우리 아홉 남매도 결혼한 후에는 친정어머니의 김장김치를 받아 먹고는 했다.

어머니가 돌아가시자 전국의 목사님들이 조문을 왔다. 대부분 신학생 시절 어머니로부터 경제적 지원을 받았거나 개척교회 때 크고 작은 도움을 받은 분들이었다. 그분들은 어려운 시절을 무사히 지나가게 도와준 어머니에게 깊은 감사를 드러냈다.

문득 그런 어머니가 대단하게 느껴졌다. 혼자 힘으로 아홉 남매를 낳고 기르느라 얼마나 수고가 많으셨을까. 고등

교육을 받고도 자신의 뜻을 펼치지 못해 얼마나 아쉬움이 많으셨을까? 개인의 삶이 중요해진 요즘 같으면 감히 상상도 하지 못할 일이다. 투철한 기독교 신앙을 바탕으로 어려운 사람들을 도우셨던 어머니. 가끔은 자식들보다 남을 더 챙긴다는 생각이 들었던 어머니였지만, 알고보면 나와 가족들에겐 그 누구보다 더 소중한 사람이었다.

　이제 어머니의 김치는 더 이상 맛볼 수 없지만 이웃을 위한 나눔의 삶이 얼마나 가치 있는 일인지, 어머니의 일생을 통해 이해하게 되었다. 어쩌면 어머니의 기도는 내가 그림을 그리는 이유와 맞닿아 있는지도 모른다.

Part 3

꿈을 좇으며
인생을 그리며

목소리가 들리는 곳으로

나는 어린 시절부터 미술 관련 책과 접할 기회가 많았다. 거실 책장에는 일본에서 가져온 고화질 서양화 모음집이 꽂혀 있었고, 벽에는 한독약품에서 발행한 명화달력이 1년 내내 걸려 있었다. 그 달력은 고흐, 고갱은 물론 드가, 르느와르, 피카소 등 서양미술사 거장들의 작품을 엄선해 제작했는데, 덕분에 알브레히트 뒤러(Albrecht Dürer)나 산드로 보티첼리(Sandro Botticelli) 같은 화가들도 일찍부터 알게 되었다. 올해는 어떤 작품이 있을까 하는 마음에 새해가 기다려질 정도였다.

초등학교 시절에는 틈만 나면 공책 뒤쪽에 공주 그림을 그렸다. 당시 여자아이들 사이에서 큰 인기를 끌었던 엄희자 작가의《공주와 기사》는 내가 공주 그림을 그리는 데 커다란 영향을 준 작품이었다. 공주란 예쁜 리본과 보석으로 치장한 드레스를 갖춰 입어야 했고, 왕관을 비롯하여 머리에 달린 장식도 무조건 화려해야 했다. 여기에 화룡점정, 공주의 눈 속에 무수한 별들을 그려 넣으면 작품은 완성이었다.

내 모습에서 무엇인가를 발견한 걸까. 수원에 살던 어느 날 부모님께서 '왕자파스'를 선물해 주었다. 당시에는 흔치 않았던 금색과 은색이 들어있는, 황홀할 정도로 훌륭한 크레파스였다. 나는 아까운 줄도 모르고 스케치북에 날마다 뭔가를 열심히 그려댔다. 가족끼리 저수지에 놀러 가는 날이면 나는 스케치북을 끼고 한적한 나무 그늘에 앉아 그림을 그렸다. 내 인생에서 결정적 한마디를 들은 건 바로 그때였다.

"나무의 아래쪽 기둥을 칠할 때, 살구색을 섞어 칠하면 더 멋진 그림이 나올 거야."

우리 가족 중 한 사람이 한 말인지, 우연히 놀러온 화가가 한 말인지 도통 기억이 나질 않는다. 확실한 건 그분의 말을 따라 그림을 그렸더니 이제까지와는 다른 멋진 색깔의 나무가 그려졌다는 것이다. 서로 다른 색깔을 문질렀을 뿐인데 이토록 색감이 풍부해질 줄이야!

크레파스 그림의 매력을 알게 된 후로 내 그림 실력은 다른 차원으로 발전해 나갔다. 중학교에 입학한 뒤에는 다른 그림 재료에도 관심이 생겨 무엇이든 닥치는 대로 그려 나갔다. 연필이든 만년필이든 상관없었다. 노트든 갱지든 그것도 중요하지 않았다. 나는 내가 아름답다고 생각한 풍경이나 사물, 그리고 인물을 백지 위에 선으로 그려내는 것에 점점 자신이 생겼다. 학교 뒤편에 있던 선교사의 집이나 영화 〈바람과 함께 사라지다〉의 여배우 비비언 리의 얼굴도 곧잘 따라 그렸다. 언니들도 내가 그린 그림을 보고 놀라는 눈치였다.

"혜령이, 얘는 그림에 소질이 있어!"

어쩌면 그 무렵부터 화가가 되리라는 꿈을 품었는지도

모르겠다. 물이 위에서 아래로 흐르듯 자연스러운 일이었다. 누구든 인생에서 한 번쯤은 그런 생각을 가져보았을 것이다. 굳이 누군가에게 털어놓을 필요가 없는 꿈. 설명할 기회가 주어진대도 제대로 설명할 수조차 없었지만 마음 깊은 곳, 진실한 목소리가 되풀이해서 들려주는 꿈.

'그래, 난 그림을 그려야 해.'

나는 그 목소리가 향하는 곳으로 한 발짝 나아갔다.

소울 메이트

서울에서 중학교 입시가 마지막으로 치러지던 1968년, 나는 이화여중에 원서를 넣었다. 당시 이화여고에 재학 중이던 셋째 언니의 후배가 되기 위해서였다. 평소 공부에 자신이 있었던 나는 시험 당일 좋은 컨디션으로 시험을 치렀다. 모르는 문제가 거의 없어서 합격은 떼어 놓은 당상이라고 생각했다. 그러나 합격자 발표 날, 설레는 마음을 안고 찾아간 노천 강당 옆 게시판에서는 내 이름을 찾아볼 수 없었다. 인생 첫 시험에서 고배를 마신 것이다. 아름다운 교정에서 언니의 후배가 되려는 꿈은 산산조각이 나고 말았다. 언니는 내가 체력장 때문에 떨어졌을 거라며 나를 위로해 주었다.

그런데 우리 집에서 유일하게 나의 낙방을 반기는 사람이 있었다. 어머니였다. 정신여학교를 졸업한 어머니는 딸아이 중 하나만이라도 당신의 후배가 되길 바랐던 것이다. 달리 가고 싶은 곳이 없었던 나는 어머니의 뜻에 따라 후기 시험을 치르고 정신여중에 무난히 합격했다.

처음엔 원하는 학교에 가지 못해 상실감이 컸지만 정신여중은 점차 나의 지적·문화적 욕구를 채워주었다. 개화기 미국 선교사들이 설립한 학교여서 그런지 기독교 정신에 입각한 전인교육을 특별히 강조하는 분위기였다. 봄과 가을에는 음악회나 연극제 등이 열렸고 인기 가수의 통기타 연주회라도 열리는 날이면 전교생이 강당에 빼곡히 들어차기도 했다. 김형석 교수나 안병욱 교수 같은 유명 인사의 철학 강연회는 내가 가장 좋아하는 행사였다. 특히 실존주의에 대한 강의를 듣고 나면 나의 존재에 대해 좀 더 사고가 깊어지는 느낌이 들었다.

그러나 뭐니 뭐니 해도 내 중고교 시절을 행복하게 해준 가장 소중한 추억은 내 어린 시절의 단짝 혜경이었다. 1학년 때 짝이 되며 친해진 혜경이는 나처럼 말수가 적고 생각이 깊은 아이였다. 대학생 언니들에게 귀동냥으로 들었던 팝송이나 외국영화, 세계문학 이야기를 해주면 혜경이의 눈은 호기심으로 반짝반짝 빛났다. 맏딸이었기에 대학의 문화를 쉽사리 접할 기회가 없었던 것이다.

맨 뒷줄에 앉은 우리는 쉴 새 없이 이야기를 나눴다. 다른 친구들에게는 아예 관심조차 없었다. 아니, 여럿이 몰려다니는 친구들과는 스스로 선을 그었다. 그 아이들이 나누는 대화는 어쩐지 깊이가 없어 보였기 때문이다. 지금 생각해 보면 우리는 다른 친구들에 비해 정신연령이 높다는 자긍심이 있었던 것 같다.

헤르만 헤세의《데미안》, 루이제 린저의《생의 한가운데》, 토머스 하디의《테스》등 세계명작도 힘닿는 대로 독파해 나갔다. 당시에는 정음사나 을유문화사에서 나온 시리즈가 대표적이었다. 그때의 문학 책들은 지금과는 달리 개미 같은 글씨들이 세로로 빼곡하게 인쇄되어 있었다. 오른쪽에서 왼쪽으로 활자를 읽어 내려가야 했고 종이 질도 나빠 책 읽기에 집중하기가 쉽지 않았다. 그러나 인내심을 가지고 한 줄 한 줄 읽다 보면 어느새 이야기에 푹 빠져들었다. 우리는 방과 후에 종종 학교 뒤편 정원 벤치에 앉아 날이 어두워지는 줄도 모르고 많고 많은 대화를 나눴다. 마치 소설 《빨간 머리 앤》에 나오는 주인공 앤과 단짝 친구 다이애나처럼 말이다.

이때의 독서 덕분이었을까? 외국 문학을 읽으며 꿈을 키운 혜경이는 어려운 환경 속에서도 끊임없이 노력하여 고등학교 영어 선생님이 되었다. 혜경이와 나는 중고교 시절 6년 동안 네 번이나 같은 반에 있으며 서로의 꿈을 지지해 주는 든든한 조력자가 되었다. 어쩌다 만나면 옛날 생각이 난다며 미소 짓는 친구를 보면 이렇게 오랜 인연이 곁에 있다는 생각에 어찌나 감사한지 모른다. 지금까지도 나의 카톡에 저장된 단짝의 이름은 '소울 메이트'이다.

또 한 명의 친구, 영근이도 빼놓으면 섭섭하다. 영근이는 2학년 때 만난 친구였다. 예뻤지만 털털하고 여우 끼가 없어 금방 마음을 터놓을 수 있었다. 우리는 둘 다 영등포에 살고 있어 얼마 안 가 하굣길 친구가 되었다.

2학년 첫 중간고사를 망친 어느 날이었다. 우리는 평소처럼 분식집에 들렀다가 엉뚱한 생각을 떠올렸다. 걸어서 영등포까지 가보자는 것이었다. 영등포는 종로5가에서 버스를 타고서도 거의 한 시간이나 걸리는 먼 거리 아닌가. 그러나 결국 철부지 두 여중생의 모험이 시작되었다.

종로 3가, 종각, 종로 1가, 광화문, 아현동, 굴레방다리, 이화여대 앞. 우리는 뭐가 그리 신이 났는지 끊임없이 조잘거리며 그 길을 걸었다. 버스를 타고 매일 오가던 길이었지만 걸어가면서 보니 안 보이던 풍경들이 보였다.

이대 앞을 지날 즈음 배에서는 꼬르륵하며 배꼽시계가 울렸다. 한참을 걸었으니 배가 고픈 것은 당연한 일이었다. 지금도 그렇지만 이대 앞에서는 그 당시에도 먹을 것을 많이 팔고 있었다. 떡볶이, 튀김 등 간식을 사 먹자 다시 기운이 났다. 신촌 로터리를 지나서 동교동, 서교동, 합정동을 지났다.

이날의 백미는 양화대교였다. 그 당시 양화대교는 한강대교에 이어 두 번째로 놓인 다리라 해서 제2한강교*라고 불렸다. 한강 다리 밑으로 흐르는 강물을 쳐다보며 걸을

---

* 현재 서울에 있는 한강 다리는 총 28개다. 그 후 제3한강교라 불리던 한남대교까지는 번호가 붙여졌지만, 그 다음부터는 다리의 번호가 붙여지지 않았다.

때의 느낌은, 버스를 타고 건널 때와는 완전히 달랐다. 우리는 시험을 망쳐서 서글픈 감정을 흐르는 강물에 모두 띄워 보냈다.

집에 도착했을 때는 벌써 저녁 어스름이 내려와 있었다. 부모님이 걱정을 많이 하고 계셨다. 시험이 끝났으니 당연히 일찍 귀가할 줄 알고 계셨던 것이었다. 그렇게 집까지 걸어간 일이 있고 난 후에 영근이와 나는 더욱 돈독한 사이가 되었다.

소울메이트였던 혜경이까지 포함해 우리는 셋이서 열심히 추억을 만들어 나갔다. 안타깝게도 지금은 호주로 이민 간 영근이의 소식을 알 길이 없다.

아, 언젠가 혜경이와 영근이, 이렇게 셋이서 새로운 추억을 만들 수 있다면 얼마나 좋을까. 그럼 우리는 여학교 시절과 똑같이 별 것 아닌 농담에도 까르르 웃음을 터뜨릴 것이다. 지나간 세월만큼이나 쌓인 이야기보따리를 풀어 놓느라 시간 가는 줄 모를 것 같다.

동백 일부 | 45.5 x 53cm | Acrylic on canvas | 2022

뜨겁게 사는 것, 그 외에는 방법이 없다

　　　　　　　　　고등학생이 된 나는 새로운 진로
고민에 빠졌다. 미술 못지않게 문학에 대한 애정이 부쩍
커진 탓이다. 사실 나는 중학교 2학년 때부터 요절한 천
재 작가, 전혜린에 푹 빠져 있었다. 언니들이 전혜린의《미
래완료의 시간 속에서》를 읽는 것을 보고 따라 읽은 탓이
었다.

　전혜린은 1934년, 일제 강점기에 평안남도에서 태어났
고 독일 유학까지 다녀온 엘리트 중의 엘리트였다. 들은
바로는 독일에서 헤르만 헤세와도 친교를 나눌 정도로 뛰

어난 여성이었다. 오로지 문학에 헌신해 자아를 찾고자 했던 그녀는 당시 많은 여성들에게 흠모의 대상이었다. 중학생이었던 나에게도 마찬가지였다. 특히 전혜린이 자살로 생을 마감한 사실을 알게 된 후엔 죽음에 대해서도 처음으로 진지하게 생각해 보게 되었다. 나는 전혜린이 어떤 여성보다도 더 뛰어난 지성인이라고 믿었다. 뮌헨 유학 시절을 담은 책을 보며, 나도 언젠가는 뮌헨으로 유학 가서 전혜린처럼 철학을 공부하고 싶다는 생각을 하게 되었다.

시간은 빠르게 흘렀고, 어느덧 고등학교 2학년이 되었다. 더는 선택을 미룰 수 없었지만 내 마음은 갈팡질팡하고 있었다. 전혜린이 다시 떠올랐다. 불꽃처럼 이 세상을 살다간 그녀. 만약 전혜린이었다면 지금 이 순간 어떤 선택을 했을까?

나는 학교 수업이 끝나자마자 부리나케 집으로 돌아와 책장 속에서 전혜린의 수필집《그리고 아무 말도 하지 않았다》를 펼쳐 보았다. 언제 그어 놓았는지 기억도 안 나는 밑줄 위로 이런 문장이 적혀 있었다.

격정적으로 사는 것, 지치도록 일하고 노력하고

열기 있게 생활하고, 많이 사랑하고, 아무튼 뜨겁
게 살아가는 것, 그 외에는 다른 방법이 없다.

나는 순간 뒤통수를 쾅 얻어맞은 것 같았다. 문학과 미
술 중 어떤 것에 더 오랫동안 열정적일 수 있을까, 스스로
에게 묻지 않을 수 없었다.

'어쨌거나 두 개의 길 모두를 갈 수는 없어. 그랬다간 아
무 것에도 뜨겁지 못할 거야.'

몇 날 며칠을 고민한 끝에 미술에 미래를 걸기로 마음먹
었다. 활짝 열린 들판의 끝에 어떤 모습이 기다리고 있을
지는 아무도 모르지만, 그래도 문학보다는 미술 공부에 좀
더 마음이 끌렸다. 마음을 정했으니 이제부터는 본격적으
로 나서야 했다.

마침 미대에 다니는 같은 반 친구 언니한테 처음으로 미
술 과외를 받았다. 주로 4B연필로 정물 그리기였다. 그러
다가 동숭동에 있는 화실에서 수채화를 배우기 시작했다.
화실 선생님은 서울대 미대를 갓 졸업한 보헤미안 같은 사

람이었는데 늘 우수에 찬 눈빛을 하고 있었다. 그 진지한 모습이 줄리앙 석고상과 너무 닮아 혼자 웃기도 했다.

나는 점점 더 미술의 세계에 푹 빠져들었다. 그러면서 2학기 개학을 앞둔 무렵에는 '서울대 미대 회화과 진학'이라는 구체적인 목표를 정했다. 화실 선생님의 후배가 되기로 작정한 것이다. 나는 그길로 종로에 있는 미술학원에 등록해서, 학교가 끝나면 저녁 내내 학원에서 그림을 그렸다. 다른 미대 지망생들과 어울려 석고 데생의 기초는 물론, 수채화도 한층 더 심도 있게 배웠다. 체계적인 가르침은 확실히 주효했다. 그동안 막연히 알던 부분들이 선명해졌고, 그림에 대한 나만의 생각과 실력도 쌓여 갔다.

사춘기는 누구나 흔들리기 쉬운 시절이다. 돌이켜보면 나는 참 운이 좋은 사람이었다. 그림 그리기가 인생의 나침반 역할을 톡톡히 해 주었으니 말이다. 그림을 통해서 비로소 나라는 자존감을 지켜가며 한발 한발 미래를 향해 나아갔다.

내가 나로서 존재하는 순간, 삶이란 그런 순간을 찾아내고 또 그런 순간을 소중하게 지켜가기 위해 존재한다고 믿는다. 그러나 그런 순간은 누가 가르쳐 주거나, 억지로 찾아내기보다는 어느 순간 자연스럽게 스스로 터득되는 게 아닐까 싶다. 그러니 지금 당장 뚜렷한 길이 보이지 않는다고 지레 실망하거나 좌절할 필요는 없으리라. 마음껏 방황하고 치열하게 시도하자.

뜨겁게 사는 것, 그 외에는 다른 방도가 없다.

예비고사 소동

고3이 되면서 본격적인 입시 준비
가 시작되었다. 당시 입시 과목은 데생 두 가지와 정물 수
채화였는데, 석고상 데생과는 달리 정물 수채화는 투자
한 시간이 짧아 실력이 제자리걸음을 걷고 있었다. 서울
대 합격생을 많이 배출하기로 유명한 화실 앙가주망에 적
을 두고는 있었지만 단기간에 실력을 끌어올리는 일은 생
각처럼 쉽지 않았다. 어떻게 하면 빨리 실력을 늘릴 수 있
을까 고민하던 나는 새벽 그림을 그리기로 단단히 결심했
다. 그리하여 나는 매일 이른 새벽에 일어나 방 안에 이젤

을 펼치고 수채화를 한 장씩 그려나갔다. 입시에 나올 법한 여러 가지 정물을 테이블 위에 올려놓고 이리 저리 위치를 바꿔 가며 구도를 잡았다. 아침잠이 많은 탓에 여간 힘든 일이 아니었으나 목표가 확고했기에 스스로와의 약속을 지켜낼 수 있었다. 그야말로 잠자는 시간까지 촌음을 아껴가며 생활을 이어나갔다. 실기 연습에 매진하는 나를 애틋하게 여긴 아버지가 승용차를 내어주기도 하셨다. 한장 한 장 그림이 쌓일수록 실력이 느는 것이 피부로 느껴졌다.

드디어 11월, 예비고사* 보는 날이 다가왔다. 나는 일찌감치 아침을 먹고 셋째 언니와 고사장인 수송중학교로 향했다. 많이 긴장되었으나 평소에 학과공부를 충실히 해두었으므로 오전 시험은 무난하게 치를 수 있었다. 그러나 문제는 오후 시험이었다.

* 1968년부터 1980년까지 실시된 국가 주관 대학 시험으로, 예비고사 및 대학별 본고사 형태로 입시가 진행되었다. 시간이 지남에 따라 예비고사에서 학력고사로, 학력고사에서 수학능력시험으로 변화해 왔다.

오전 시험이 끝난 후 나는 언니와 같이 시험장 바로 옆에 있는 한국일보사로 향했다. 꼭대기에 있는 스카이라운지에서 점심을 하기 위해서였다. 식사를 마치고 나온 순간, 어디선가 낯익은 목소리가 들려왔다.

"너희들 여긴 웬일이냐?"

작은 아버지였다. 당시 한국일보사 논설위원으로 근무하고 계셨는데 지나가는 우리를 알아본 것이다.

"삼촌! 혜령이 시험 보러 왔어요."

"그래, 시험은 잘 보았느냐. 밥이라도 사주련?"

"방금 먹고 오는 길이에요."

"그렇구나. 오후에도 시험이 있니?"

"네, 세 시에 다시 시작이에요."

"그래? 그럼 아직 시간이 좀 있는 듯하니 내 방에 올라갔다 가렴."

작은아버지를 따라 신문사 구석구석을 구경하던 우리는 뭔가 이상한 느낌이 들었다. 어느새 복작복작한 분위기는 온 데 간 데 없이 사라지고 우리만 덩그러니 남은 것이다. 그 순간 온몸에 소름이 쫙 돋았다. 13시를 3시로 착

각했던 것이다! 시계는 이미 2시를 향해가고 있었다. 나는 언니와 함께 부랴부랴 시험장으로 달려갔다.

그러나 우리를 기다리고 있는 것은 굳게 잠긴 철문이었다. 눈앞이 캄캄해지고 머릿속이 새하얘졌다. 보이는 것도 들리는 것도 없었다. 얼마나 울었는지 목소리조차 나오지 않았다. 교문 앞에서 우는 내 모습을 본 어떤 선생님이 나를 양호실로 데리고 가셨다. 다행히 다음 과목인 국어 시험은 치를 수 있었으나 영어시험 결시는 그야말로 뼈아픈 실수가 아닐 수 없었다. 모의고사에서 영어 점수만큼은 늘 전국 최상위권을 차지해 왔기 때문이다. 나는 영어 시험이 끝날 때까지 양호실에 꼼짝 없이 대기하고 있어야 했다.

집으로 가는 동안 나와 언니는 아무 말도 하지 못했다. 자초지종을 들은 부모님과 가족들, 선생님과 친구들도 놀라기는 마찬가지였다. 어떤 위로의 말도 그저 희미하게 들릴 뿐이었다. 나는 일찌감치 재수하기로 마음을 먹고 크리스마스 때까지 친구들한테 줄 카드를 만들며 시간을 보냈다. 스스로에게 화가 났지만 그렇다고 엎질러진 물을 다시 주워 담을 수 없는 노릇이었다.

그러던 어느 날, 뜻밖의 희소식이 들려왔다.

"혜령아, 합격이래, 합격!"

"엉, 그게 무슨 소리야?"

"다른 과목에서 만회가 된 모양이야!"

자초지종을 알아보니 예비고사는 대입 자격시험에 불과해 한 과목을 결시하더라도 다른 과목 성적을 잘 받으면 된다는 것이었다. 갑작스러운 낭보에 가슴이 쿵쾅거렸다. 보호자 역할을 해내지 못했다는 자책감에 내내 괴로워하던 언니는 그제야 활짝 미소를 지어보였다. 우와! 우리는 서로를 부둥켜안은 채 기쁨의 눈물을 흘렸다.

그해 서울미대 회화과의 경쟁률은 10대 1로 예년보다 조금 높았다. 하지만 본고사와 실기시험까지 무사히 치른 나는 합격자 명단에 이름을 올렸다. 아홉 남매 중 최초로 서울대 합격생이 나오자 가족들은 모두 축제 분위기에 휩싸였다. 내 인생 최고의 날이었다.

둘째 언니가 동아방송의 심야 라디오 프로그램 〈0시의 다이얼〉에 축하 사연을 보냈다. 〈0시의 다이얼〉은 가수 이

장희* 씨가 메인 DJ를 맡았던 당대 최고의 음악 방송이었다. 자정이 조금 지나자 그가 나에게 직접 전화를 걸어왔다. 심장이 떨려 무슨 말을 했는지 전화를 끊고 나서도 기억이 전혀 나질 않았다. 기어들어 가는 목소리로 어니언스의 〈편지〉를 신청했던 것만 기억난다. 어니언스의 〈편지〉는 당시 최고의 히트곡이었고 내가 가장 좋아했던 노래였다. 길고도 길었던 12년간의 학창 시절은 그렇게 마침표를 찍었다.

• 1971년 '겨울 이야기'로 데뷔한 대한민국의 포크가수. 당시 최고의 인기를 구가하던 동아방송 청소년대상 심야 라디오 프로인 〈0시의 다이얼〉에서 윤형주의 후임 DJ로 맹활약하였다.

영등포 친구 영근이와 시 잘 쓰는 숙경이,

그리고 단짝 혜경이까지.

다들 착하고 공부 열심히 하는 친구들이었다.

청춘시대

대학생이 되는 건 내 오랜 소망이었다. 나이 터울이 많은 언니들이 한 팔에 책을 끼고 한껏 멋을 부린 채 학교 가던 모습은 그 자체로 한 폭의 그림이었다. 특히 여학생들에게는 미술 전공이 상류사회에서 누리는 로망처럼 여겨지던 시절이었다. 그런데 내가 꿈에 그리던 서울대 미대에 합격한 것이다. 나도 이제는 어엿한 미대생이었다. 언니들처럼 캠퍼스를 활보하게 되다니, 상상만 해도 가슴이 두근거려 잠이 오지 않았다.

당시 서울대는 캠퍼스가 단과대학별로 서울 시내 곳곳

에 흩어져 있었다. 내가 입학할 무렵에는 관악산에 종합캠퍼스를 조성하기 시작했다. 그러는 동안 미술대학은 동숭동에서 공대가 있는 공릉동 캠퍼스로 옮겨 갔다. 공릉동 캠퍼스는 무척 컸지만 미대는 볼품없이 생긴, 길고 큰 회색 건물을 사용하고 있었다. 그나마도 건물의 반쪽은 서울대 신입생들이 1년 동안 교양학부 과정으로 사용하였다.

문제는 통학이었다. 공릉동 캠퍼스까지는 통학하기가 만만하지 않았다. 집이 있는 영등포에서 버스를 두 번 갈아타고, 청량리에서 다시 공대로 가는 스쿨버스를 타야만 했다. 그나마 내가 입학하던 해에 영등포에서 청량리까지 운행하는 지하철 1호선이 개통되면서 통학 시간이 30분 단축되기는 했다.

그렇지만 스쿨버스로 갈아타는 일은 정말 죽을 맛이었다. 6년 동안 여학교를 다닌 내가 갑자기 남학생들이 꽉 들어찬 버스를 타야 했으니 말이다. 부끄럼 많은 나는 얼굴이 화끈거린 채 버스를 타느라 누구하고도 눈을 맞추지 못했다. 그렇게 30분을 가야 캠퍼스가 나왔다.

교문 왼쪽으로는 하늘이 보이지 않을 정도로 가로수 울창한 산책로가 있었다. 그 길을 따라 쭉 걸어가면 미술대학 건물이 나왔다. 왼쪽으로는 테니스 코트가 여럿 있고 오른쪽으로는 아름다운 연못이 보였다. 마치 풍경화 속으로 들어온 듯했다. 나는 그 아름다운 길을 천천히 걷는 것을 좋아했다.

일단 대학에 들어오니 입시 스트레스가 사라졌다. 마음이 편안했다. 공부는 자연히 뒷전이 되었다. 공부를 열심히 하는 동기들을 보면 낭만을 모르는 사람처럼 보이기도 했다. 그림 그리기 역시 입시생 때처럼 열정적으로 하지 않게 되었다. 예술은 불성실할수록 더 빛나는 법이라고 믿었다. 아니, 무엇보다 나는 청춘이란 특권을 마음껏 즐기고 싶었다. 그러다 보니 학교가 멀다는 핑계로 지각을 밥 먹듯 했고, 이따금 출석하지 않은 때도 있었다.

물론 혼자는 아니었다. 고교 동창이자 입학 동기인 K와 함께 새로운 친구들을 사귀었던 것이다. 다른 친구들은 우리를 '회화과의 철없는 다섯 멋쟁이'라고 불렀다. 중간에 구성원이 바뀐 적도 있었지만 다섯 명 체제는 졸업할 때까지 유지되었다. 우리는 수업이 끝나면 명동의 음악다방으로 우르르 몰려갔다. 그곳에서 수다 떨며, 미래를 얘기하는 것이 캠퍼스에서보다 훨씬 재미있었다.

그 당시 명동은 유일한 젊음의 거리이자 문화의 거리였다. 수많은 예술가들과 문인들이 교류해 오던 낭만의 거리이기도 했다. 대한민국 젊음의 심장부였다. 요즘의 강남이나 홍대 앞이라고나 할까.

가장 기억에 남는 장소는 '오비스 캐빈'(OB's Cabin)이다. 통기타 가수들이 라이브로 노래를 부르는 음악 살롱이었다. 조명도, 최신 팝송도, 분위기도 모두 마음에 들었다. 얼마 후에는 '몽쉘 통통'이라는 음악 살롱도 생겼다. 실내 장식이 오비스 캐빈보다 더 현대적인 데다 젊은 층이 많아 나중에는 이곳에 더 자주 다녔다. 음악 살롱뿐만 아니라 원두를 직접 갈아 파는 커피 전문점도 생겼다. 소설가 알베르 카뮈의 이름을 딴 카페의 이름은 '가무'. 50년 넘게 운영되고 있는 그곳에서 나는 처음으로 비엔나커피를 맛보았다.

그때는 미대생들이 담배를 피우는 것을 하나의 멋이자 낭만으로 여기던 시절이기도 했다. 카페에 가거나 여행을 가거나 우선으로 챙기는 것이 담배였다. "볼펜 있냐?" 또는 "공부하자"라고 우리만의 은어를 썼다. 나 역시 분위기에 휩싸여 한동안 담배를 피우기도 했으나 결혼 후에는 자연스럽게 끊게 되었다. 하긴, 우르르 모여서 담배를 피우는 행위에 무슨 개성이 있겠는가.

'뮤즈'를 비롯한 클래식 음악 감상실도 빼놓을 수 없다. 흐릿한 조명 속 백보드에는 실시간으로 틀어주는 신청곡은 물론 작곡가, 오케스트라 이름이 빼곡히 적혀 있었다. 홀에서는 성능 좋은 음향 기기에서 유명한 클래식 곡들이 계속해서 흘러나왔다. 맘에 드는 노래를 신청하고 감상하기에는 이보다 더 좋은 장소가 없었다. 세상의 복잡함에서 벗어나, 영원한 고요 속에 잠겨 있는 듯한 공간이었다. 클래식 광인 사람들도 많이 찾아왔지만 단지 분위기가 좋아 찾아오는 커플들도 많았다. 전면을 향해 나란히 놓인 의자에 앉아 음악을 듣다 보면 나도 모르게 스르르 잠이 들곤 했다.

대학 생활도 매우 재미있었다. 특히 미대 축제는 한마디로 히피 천국이었다. 누구나 풀어 헤친 청바지를 입고 맥주를 마시며 최신 가요와 팝송을 불렀다. 장발에 맨발로 춤을 추는 선배들도 있었다. 특히 우리 미대에는 활동 중인 대학생 가수들이 많아 축제 분위기가 남달랐다.

회화과에는 〈아침 이슬〉, 〈친구〉로 유명한 젊은이의 우상이던 김민기 선배가 있었다. 선배는 이미 군 복무를 마친 복학생으로 졸업학점이 몇 과목 부족해서 강의를 듣던 참이었다. 당시 선풍적인 인기를 끌었던 여성듀오 '현경과 영애'도 우리 회화과 선배들이었다. 선배들은 첫 앨범을 발표하자마자 폭발적인 인기를 얻었다. 하지만 가요계와 팬들의 간곡한 요청에도 재학 중에만 활동하다가 아쉽게도 영영 은퇴하고 말았다.

조소과엔 한국 포크의 전설이자 블루스의 거장 이정선 선배가 있었다. 나는 이 선배가 평생 음악을 할 줄은 꿈에도 몰랐다. 그는 〈섬 소년〉, 〈구름 들꽃 돌 여인〉, 〈외로운 사람들〉까지 부르며 더 유명해졌다. 특히 그의 이름을 내건 기타교본 《이정선 기타교실》은 기타 애호가들에게는 그야말로 바이블과 같은 책이었다.

마지막으로 도자과에는 정연택이 있었다. 샌드 페블즈

가 '나 어떡해'로 센세이션을 일으켰던 1977년 제1회 대
학가요제. 서울대 트리오의 보컬이었던 그는 그곳에서 〈젊
은 연인들〉을 불러 동상을 받았다. 대학가에서는 〈젊은 연
인들〉 역시 엄청난 사랑을 받았다.

다정한 연인이 손에 손을 잡고

걸어가는 길

저기 저 멀리서 우리의 낙원이

손짓하며 우리를 부르네.

길은 험하고 비바람 거세도

서로를 위하며

눈보라 속에도 손목을 꼭 잡고

따스한 온기를 나누리.

이 세상 모든 것

내 곁에서 멀어져 가도

언제까지나 너만은 내게 남으리….

축제의 밤, 별빛 가득한 밤하늘 아래 울려 퍼지는 노랫
소리. 그래! 축제란 바로 이런 것이야! 나는 어둠 속에서도

환히 빛나는 동문들의 얼굴을 보며 뿌듯함을 느꼈다. 그러
나 공릉동 캠퍼스에서의 낭만은 그리 오래 가지 못했다.
종합 캠퍼스가 관악산 기슭으로 자리를 옮겨가고 있었기
때문이다.

철없이 흘려보낸 대학생활

흩어져 있던 단과대학들이 관악으로 하나둘씩 모여들면서 미대 역시 내가 3학년이 되던 해인 1976년 관악캠퍼스로 이전했다. 3학년이 되자 회화과는 서양화과와 동양화과로 나뉘었고 실기실도 따로 쓰기 시작했다. 나는 동양화 작업의 모든 과정이 번거롭게 느껴졌던 터라 별다른 고민 없이 서양화과를 선택했다.

서양화를 전공으로 선택하자 유화를 그리는 시간이 많아졌다. 작업이 끝나면 붓을 석유에 씻어낸 다음 빨랫비누에 붓을 비비고 손바닥 위에 빙빙 돌려 맑은 물로 몇 번이고 닦아낸다. 코를 찌르는 기름 냄새에 정신을 못 차리는 친구들이 많았지만 나는 이런 과정이 조금도 역겹거나 싫지 않았다.

당시 우리 미대는 세계 미술사조의 흐름에 따라 추상미술을 하는 사람이 대부분이었다. 전통적인 구상미술을 좋아하던 나와는 정반대의 흐름이었다. 그러다 보니 학년이 올라갈수록 내 스타일에 대해 고민하지 않을 수 없었다. 무언가 철학적인 사고를 끌어내 작품에 반영해야 하는데 그게 생각처럼 잘 되지 않았다. 그나마 여행을 다녀오면 추상에 가까운 작품이 나왔지만, 맞지 않은 옷을 입은 느낌이었으므로 실기 시간이 즐거울 리 없었다. 나는 반추상 작품을 하며 겨우 수업을 이어 나갔다.

친구들은 서울 시내 곳곳에서 화실을 운영하고 있었다. 대부분 입시생들을 가르치거나 자기 그림을 그리기 위해서였다. 수업이 없는 날엔 친구들과 시간을 보내는 아지트 역할도 했다. 자기 앞길을 스스로 책임지는 친구들을 보면서 참 멋지다는 생각이 들었다.

얼마 후 나도 아버지를 찾아가 친구와 화실을 열겠다고 말씀드렸다. 그러나 아버지는 일거에 거절하셨다. 집도 넓은데 왜 굳이 밖으로 나가냐는 거였다. 정 화실을 열고 싶으면 3층 다락방을 화실로 쓰라고 했다. 솔직히 그땐 화실을 하면 세를 내야 한다는 사실도 몰랐다. 소소하게 용돈이라도 벌어보려 했던 꿈은 그렇게 무산되고 말았다. 돌이켜 보면 아르바이트 한 번 안 해보고 대학을 졸업했다는 사실은 무척 부끄러운 일이다.

나중에 아버지는 내게 교직과목을 꼭 이수하라고 하셨다. 특별한 계획이 없다면 안정적 미래를 대비해야 한다는 이유에서였다. 나는 특별히 교사가 되고 싶은 생각이 없었지만 아버지 말씀을 차마 거역할 수는 없었다. 나는 교직과목을 이수하고 교생실습을 나가게 되었다.

내가 맡은 아이들은 중학교 1학년 까까머리 남학생들로, 너무나도 해맑고 귀여운 장난꾸러기들이었다. 아이들과 지내는 일은 즐거웠지만, 60명이나 되는 아이들 앞에서 수업을 진행하려니 진땀이 났다. 그렇게 많은 사람 앞에서 발표해본 적은 없었다. 교직은 내게 맞지 않다고 생각했다. 부족함을 채우기 위해 교직 학원에도 다녀보았지만 소용이 없었다. 그해 서울에 미술교사 자리가 거의 나지 않아 결국 임용고시에서도 떨어지고 말았다.

마지막 학기에는 졸업 작품에 매진했다. 오스트리아 화가 클림트의 작품에서 영감을 받은 푸른색 계열의 반추상 작품과 울릉도를 주제로 한 반추상 작품이었다. 걱정했던 것과는 달리 무사히 전시회를 마치고 졸업장을 받았다. 그렇지만 대학 4년간의 성적은 초라했다. 남에게 보여주기 부끄러운 성적표였다. 졸업 후 무엇을 하겠다는 목표 의식도 없었다. 정말로 놀고먹기만 한 철없는 대학 시절이었다. 타고난 개성을 가진 동창들을 볼 때면 부럽기도 했고 스스로 위축되기도 했다. 나의 재능은 타고난 것이 아니라 입시를 위해 준비하고 만들어진 것이라는 자괴감마저 들었다.

요즘 각종 협회 일을 하면서 느끼는 것은 목표가 생기는 데는 절실함이 있어야 한다는 점이다. 지금은 대부분의 일상을 작품 활동에만 맞춘 채 좋은 그림을 그리기 위해 노력하고 있지만, 그때는 '헝그리 정신'이 부족했다. 당시 대학을 졸업한 여자들이 대부분 전업주부로 안착하고 살았던

터라 막연히 '결혼은 잘 하겠지'라는 생각을 했던 것도 사
실이다. 만약 다시 대학 시절로 돌아간다면 작품 세계에 대
해 더욱 치열하게 고민하고 도전해 보고 싶다.

Part 4

다시,
그림을 시작하며

다시, 그림을 시작하며

　　　　　　 식구가 늘어나면서 평생 해본 적 없
었던 돈 걱정이 시작되었다. 이런 내 마음을 아는지 모르
는지 남편의 씀씀이는 점점 커져만 갔다. 노부모와 식구
부양이라는 책임에서 자유로울 수는 없겠으나 남편에게
는 알뜰하게 살아보려는 마음이 부족해 보였다. 어린 시절
가족을 고생시킨 아버지와 함께 사는 것이 불편하다며 귀
가가 늦어지는 날이 점차 늘어났다. 어쩌다 남편 주머니에
서 술값 영수증을 발견한 날에는 가슴이 철렁 내려앉고는
했다.

　쥐꼬리만 한 생활비로 버티다가 할 수 없이 마이너스 통

장을 개설했다. 경제 상황이 점점 나빠져 가는데도 남편은 태연하게 골프를 치러 다녔다. 아버지가 살림에 보태 쓰라고 돈이라도 부쳐주는 날에는 면구스러움에 고개를 들 수 없었다. 나중에는 본인도 민망했는지 갖은 핑계를 대가며 친정모임에는 아예 가지 않으려고 했다.

시간은 쏜살처럼 지나갔다. 시아버지는 돌아가셨지만 아이는 어느덧 셋이 되었고 육아와 살림은 도통 끝이 보이지 않았다. 나는 무엇인가를 잃어버린 것 같은 허전함과 외로움을 느꼈다. 하지만 그 감정이 정확히 무엇인지는 알 수 없었다. 그러던 어느 날, 대학 동창으로부터 한 통의 전화가 걸려왔다.

"…우리 같이 전시해보지 않을래?"

"무슨 전시?"

"응, 이번에 동기들이랑 입학 20주년 기념전을 열어보려고 하는데 다들 반응이 나쁘지 않아. 예술의 전당에서 열기로 했는데 너도 함께하자."

"…내 형편에 무슨 그림? 붓 놓은 지가 언제인데."

"뭐 어때? 그릴 만하니까 연락한 거지. 암튼 아직 시간 있으니까 잘 생각해 봐."

자그마치 16년. 육아와 살림에만 몰두하느라 세월이 그렇게 많이 흘렀는지도 모르고 지냈다. 갑자기 그림을 그리자는 동기의 제안이 아득하게만 느껴졌다. 밤잠을 설쳐가며 며칠을 고민했다. 그러다 문득 내가 그림을 전공하던 미술학도라는 걸 기억하는 사람은 이제 친구밖에 없을 거라는 생각이 퍼뜩 들었다. 여생을 가정주부로만 보낼 상상을 하자 부르르 몸서리가 쳐졌다. 비로소 내가 느끼던 상실감의 정체를 파악할 수 있었다. 내 삶에 빠진 퍼즐 조각은 바로 그림이었다. 나는 자리에서 벌떡 일어나 동창 친구에게 전화를 걸었다.

"그래, 하겠어!"

그런데 어디서부터 어떻게 손을 대야 할지 전혀 감이 오지 않았다. 그나마 가장 손쉽게 그릴 수 있는 것은 수채화였다. 여섯 식구가 사는 아파트에는 전공인 유화를 그릴 공간조차 없었으니까. 나는 혼신의 힘을 기울여 테라스에서 바라다 보이는 앞산 언덕을 그렸다. 오랜만에 그려보는 그림이었지만 그림을 그리는 동안 심장이 두근거렸다. 의구심이, 두려움이 확신으로 바뀌는 순간이었다. 뒤늦게 뛰어든 탓에 전시회까지는 시간이 얼마 남아 있지 않았지만, 마감 일자를 겨우 지켜 풍경 수채화 두 점을 완성했다.

드디어 전시회 날이 밝았다. 전시회 입구 한편에 마련된 플래카드에는 '갑인동인전'이라는 글씨가 큼지막하게 쓰여 있었다. 갑인년 입학 동기들의 전시회라 하여 붙여진 이름이었다. 전시회장에 들어가기 전에는 아무렇지 않은 척했지만 막상 내 작품이 벽에 걸려 있는 것을 보니 가슴이 쿵쾅거렸다. 멀리 가족들의 얼굴이 보였다. 반가웠지만 한편으로는 조금 부끄럽기도 했다. 시간이 있었더라면 좀 더 멋지게 그려낼 수 있었을 텐데….

그런데 전시회 중에 누군가가 다가와 귓속말을 전했다. 나는 깜짝 놀랐다. 어떤 신사가 내 그림을 고가에 구매했다는 게 아닌가. 알고 보니 남편 친구가 격려하는 의미에서 통 크게 한 점 사주었다고 했다. 너무 고마웠다. 누가

내 작품을 거들떠보기나 할까 싶었는데…. 전시회를 성공
적으로 마치고 나자 마음속에서 그림을 그려야겠다는 욕
구가 더욱 강하게 꿈틀대기 시작했다.

배우는 사람에서 가르치는 사람으로

갑인동인전이 끝난 후 그림을 그
려야겠다는 욕구에 본격적으로 불이 붙었다. 나는 집에서
가까운 동아일보 문화센터의 수채화 강좌에 성큼 등록했
다. 유명 미대 출신의 원로 화가가 강의하는 강좌였으므로
제대로 수채화를 배울 수 있을 것 같았다. 수채화 전용 용
지인 와트만지를 잔뜩 사 집으로 돌아오는 길엔 콧노래가
절로 나왔다.

그러나 기대가 실망으로 바뀌기까지는 그리 오랜 시간
이 걸리지 않았다. 어떻게 나의 존재를 알게 되었는지 모

르겠지만 선생님은 나를 '박 화백'이라고 부르기 시작했다. 그러면서 완전한 구상을 고집하는 내 그림을 보고는 '쫓아가서 빚 갚을 사람'이라는 별칭까지 붙여 주었다. 어쩐지 놀리는 듯한 느낌이 들어 마음이 편치 않았다.

수업 방식도 다소 불만스러웠다. 수강생이 많아 색채나 구도를 제대로 봐주지 않았던 것이다. 다른 사람들은 미대 출신이 아니라 그런지 취미 생활로 만족하는 것 같은 분위기였다. 무엇보다 셋째가 아직 어렸으므로 나는 그림에 집중하기가 그리 쉽지 않았다. 결국 답답함 속에서 1년간의 문화센터 수강이 끝났고, 재등록을 포기했다. 시간은 아무 일도 없었다는 듯 빠르게 흘렀다.

5년이 지난 어느 날, 같이 그림을 그리던 친구 Y에게 연락이 왔다. 대방동에 있는 한 상가에서 '진짜배기' 수채화 아카데미를 발견했다는 것이다. 친구는 내가 수채화를 제대로 배우고 싶어 한다는 것을 잘 알고 있었다. 수채화 아카데미를 운영하는 분은 나보다 여섯 살 많은 여자 선생님으로 연꽃 수채화의 대가인 임종렬 선생님이었다. 수채화와 동양화의 느낌이 절묘하게 혼합된 고색창연한 화풍이 마음에 쏙 들었다. 나와 Y는 그날로 화실에 등록했다. 이제는 막내도 초등학교 고학년이 되었으니 다시 그림을 시작해도 괜찮을 것 같았다.

화실에서 맨 처음 접한 것은 프랑스제 수채화 전문지인 '아르쉬지'였다. 천연 코튼 소재로 만든 만큼 다른 종이보다 두껍고 고급스러운 느낌이 났다. 수채화 용지라고는 '와트만지'만 알던 나에게 아르쉬지의 존재는 그야말로 신세계나 다름없었다. 그밖에도 나는 물을 바른 종이에 그림을 그리는 '습윤법'을 비롯해 수채화 판넬을 만드는 법까지 새로운 지식을 많이 접했다. 이제야 비로소 제대로 그림을 그리는 기분이 났다.

그렇게 그림 그리는 재미에 푹 빠져 있던 어느 날, 술에 잔뜩 취해 집에 들어온 남편이 나에게 별안간 충격 고백을 했다. 가지고 있던 주식이 전부 휴지조각이 되었다는 것이었다. IMF의 여파가 채 가시지도 않았던 때였다. 이제야 겨우 안정을 찾아가나 싶었는데 또다시 허리띠를 졸라매야 하다니…. 황망한 마음에 눈물조차 나오지 않았다.

그러나 위기는 언제나 양면성을 가지는 법. 위험도 있지만, 용기를 잃지 않고 찾아보면 기회가 있다. 삶이 밑바

닥까지 떨어지고 나자 나는 더는 아무에게도 기대지 않기로 결심했다. 내가 지금 할 수 있는 일을 찾아 하는 것. 그것이야말로 온전한 내 삶을 영위해 나가는 방법이라고 믿었다.

가장 먼저 떠오른 생각은 막내 아이의 친구들을 불러모아 미술을 가르치는 일이었다. 신혼 초기 아이들을 가르쳐 본 경험도 있고, 그동안 화실에서 실력을 갈고 닦았으니 이제 선생님 노릇은 잘할 수 있을 것 같았다.

어느 날, 우연히 아파트 옆 단지를 지나가던 나는 상가 1층 한쪽이 비어 있는 것을 발견했다. 다른 한쪽에 태권도 학원이 있는 걸 보니 입지가 제법 괜찮아 보였다. 공간도 생각보다 넓었다. 그 순간, 나는 내게 꼭 필요한 장소를 찾았다는 직감이 왔다.

곧바로 부동산을 찾아갔다. 상담을 해보니 바로 계약할 수 있는 여건은 아니었다. 그렇다고 운명의 장소를 놓칠 수는 없는 법. 나는 영어 강사를 하던 친구 Y에게 공간을 둘로 나눠 함께 학원을 차리자고 했다. 마침 독립할 생각이 있던 Y는 흔쾌히 승낙했고 내 계획을 들은 언니들도 기꺼이 도움을 주겠다고 했다.

일은 일사천리로 진행되었다. 한일 월드컵 열기가 한창이던 그해 여름, 나는 땀을 뻘뻘 흘려가며 개원 준비를 서둘렀다. '소호미술학원'이라는 글자가 새겨진 근사한 간판도 만들고 아이들과 아파트 단지를 돌며 문어발 전단지를 붙였다. 2층에 있던 영어 학원에서 한 건물에 같은 업종을 들이면 어떻게 하냐고 거세게 항의하는 바람에 Y는 영어 학원을 오픈하지 못했다. 그리하여 나는 그 공간을 상담실과 개인 화실로 쓰게 되었다.

넓어진 공간 덕이었을까? 학원은 얼마 지나지 않아 밀려드는 학생들로 발 디딜 틈이 없었다. 미술대회에서 입상하는 아이들이 많아지자 학부모들의 입소문을 타면서 중학생을 위한 주말반이 개설되었고, 얼마 후엔 초등학교 교사들을 위한 수채화 교실까지 운영하게 되었다. 몸이 열 개라도 모자랄 지경이었다.

그림을 배우던 주부가 이제는 학생들을 가르치는 선생님이 되었다. 이제 학원은 내가 가장 사랑하는 공간이 되었다. 내 인생의 탈출구가 되었다.

호박꽃 1,2 일부 | 33.4 x 24.2cm | Oil on canvas | 2022

늦깎이 화가의 첫 개인전

가을 지나면 어느새

겨울 지나고 다시 가을

날아만 가는 세월이 야속해 붙잡고 싶었지

내 나이 마흔 살에는

다시 서른이 된다면 정말 날개 달고 날고 싶어

그 빛나는 젊음은 다시 올 수가 없다는 것을

이제서야 알겠네

우린 언제나 모든 걸 떠난 뒤에야 아는 걸까….

양희은의 〈내 나이 마흔 살에는〉의 가사가 내 마음을 파고든 그 즈음, 나의 사십 대는 저물어 가고 있었다. 엄마로서, 아내로서, 원장으로서 해야 할 일을 정신없이 하다 보니 어느 틈에 내 나이도 오십을 바라보고 있었던 것이다. 이제 아이들은 성인이 되었고, 미술학원 운영도 제법 안정세로 접어들고 있었으나 마음 한 구석엔 채울 수 없는 빈자리가 있었다. 그건 바로 나, '박혜령'이라는 자리였다.

　집에 일찍 가지 않아도 되는 날이면 나는 종종 화실에 틀어박혀 그림 그리기에 몰두했다. 하루는 화실 벽면에 기대 놓은 작품들을 바라보며 문득 이런 생각이 들었다.

　'내 그림을 누군가에게 보여줄 수 있다면 정말 좋을 텐데….'

　그림이라는 것은 사물을 보는 각자의 방식을 표현하기 위해 존재하는 예술이라고 오랫동안 믿어 왔다. 하지만 표현했다고 해서 끝나는 게 결코 아니었다. 음악에 들어주는 귀가 필요하듯 그림에도 보아주는 눈이 필요하다. 그랬다. 내 마음이 원했던 것은 내 생각을 그림으로 표현하는 것,

그리고 누군가가 그것을 봐 주는 것, 또 그것을 통해 인정받고 나와 같은 생각을 하는 사람들과 행복한 삶을 보내는 것이었다. 그런 삶을 위한 답은 오직 하나밖에 없었다. 전업 화가가 되자.

2004년, 그런 소망의 첫걸음으로 한국여류수채화가협회에 가입했다. 한국여류수채화가협회는 1989년 창립전을 시작으로 수많은 정기전, 특별전, 초대전 등을 열어 왔다. 서로가 서로를 끌어주고 독려하는 분위기가 있었으므로 그곳에 소속되어 활동한다면 내 작품 활동에도 속도가 붙을 것이라고 믿었다.

예상은 적중했다. 서울갤러리에서 열린 협회전을 시작으로 인사동 수용화 갤러리에서 첫 개인전을 열게 된 것이다. 2006년, 내 나이 만 50세 때였다. 사진을 찍고 도록을 제작하는 과정에서 나는 '살아있음'을 느꼈다. 내가 진짜로 하고 싶었던 일이 바로 이것이었구나 하는 깨달음을 얻었다.

아직도 개인전 첫 날이 눈앞에 생생하다. 귀빈들과 함께 테이프를 끊을 때는 처음으로 세상의 주인공이 된 듯한 기분이었다. 수많은 지인이 그 모습을 지켜봐 주었다.

그날만이 아니었다. 일주일 내내 동료 수채화가들, 중·고교·대학 동창들로 전시장이 꽉 찼다. 가족들과 친구들, 성당 사람들, 미술학원의 꼬마 제자들까지 와 주었다. 남편은 매일 전시장으로 퇴근했다. 남편의 친구들, 탁구동호회 회원들, 회사 동료들도 격려차 자리를 빛내 주었다.

특히 과천에서 만난 동창 M의 큰 도움을 받았다. M의 집은 우리 집보다 멀리 있었지만 전시 기간 내내 나보다 먼저 전시장에 나왔고, 문 닫는 시간까지 내 곁에 있어 주었다.

전시회는 성공적이었다. 작품이 제법 팔렸고 격려 차원에서 축하금을 남겨주신 분들도 있었다. 낯선 관객들이 내 그림을 평가해 주었다면 좀 더 행복했겠지만 나는 어느덧 화가의 길에 접어들었음을 실감할 수 있었다. 마음도 한결 여유로워졌다. 무엇보다 본격적인 화가로서의 데뷔 경험 자체가 값지게 다가왔다.

"엄마가 화가여서 자랑스러워."

어느새 훌쩍 커버린 막내딸이 내 손을 꼭 잡아주었다.

가족들의 응원 속에서 나는 더 열심히 그리고 더 많은 작품을 그릴 것을 다짐했다.

그러나 무리했던 탓이었을까. 전시회가 끝난 지 얼마 지나지 않아 오른쪽 어깨가 말을 듣지 않았다. 오십견이었다. 그날 이후 난 그림을 한 점도 그리지 못했다. 아이들을 가르칠 수 없었던 것은 물론이다.

'이제야 내가 하고 싶은 일을 하게 되었는데….'

어깨 치료에 매달리는 동안 몸과 마음은 서서히 지쳐 갔고, 그림에 대한 열정도 조금씩 희미해져 갔다. 2007년 겨울, 더 큰 시련이 나를 기다리고 있었다.

죽음 앞에서 삶을 느끼며

"유방암입니다. 애석하게도 2기 말로 보입니다."

생각지도 못한 일이었다. 눈물이 왈칵 쏟아졌다. 별다른 증상이 없었기에 더더욱 청천벽력이었다. 오십견도 모자라 이제는 암이라니….

나는 수술을 위해 곧바로 입원 수속을 밟았다. 서걱이는 환자복도 낯설고 그걸 입은 내 모습도 낯설었다. 이런 큰 병을 앓는 것도, 수술대에 눕는 것도 모두 처음 겪는 일이었다. 처음으로 죽음에 대한 공포가 엄습해 왔다. 수술실에 들어갈 때 온 가족이 내 손을 잡고 기도해 주었다. 싸늘한 병상에 누워 있으니 두려운 마음에 자꾸만 눈물이 나왔다. 나 역시 오랫동안 잊고 지냈던 하느님을 떠올리며 마음속으로 몇 번이나 기도를 드렸다.

'제발 무사히 깨어날 수 있게 해 주소서. 아직은 이 아름다운 세상을 등지고 싶지 않습니다.'

기도가 하늘에 닿았던 걸까? 나는 무사히 수술을 받고 깨어났다. 그러나 나를 기다리고 있던 것은 여덟 번의 항암치료와 서른세 번의 방사선 치료였다. 항암 주사에는 엄청난 고통이 뒤따랐다. 온몸이 뒤집어질 듯 극심한 구토감이 몰려왔고 온종일 구역질을 해대느라 사지에 힘이 쭉 빠졌다. 바늘을 타고 몸 안으로 천천히 흘러들어오는 빨간색 액체가 마치 악마의 그것 같이 느껴져 똑바로 쳐다볼 수가 없었다. 눈물이 강물처럼 흘러내렸다.

심지어 며칠 후엔 머리카락도 한 움큼씩 빠지기 시작했다. 드라마로 영화로 익히 봐온 장면이었지만, 그렇다고 수치심이 줄어드는 건 아니었다. 한순간에 세상에서 가장 불행한 사람이 되어 버린 것 같았다. 가발과 두건, 모자를 준비해야 했다. 마트에서 모자를 이것저것 써 보는 동안에도 머리카락이 모자에 뭉텅뭉텅 묻어 나왔다.

그러나 삶에 대한 의지는 점점 강렬해졌다. 어렵게 찾은 꿈을 암 때문에 포기할 수는 없었다. 내가 할 수 있는 유일한 행동은 현재의 고통을 받아들이고 내 방식대로 그 고통과 싸워 이기는 것이었다. 진정한 '나'를 마주하지 못한 채 세상을 떠나 버린다면 그 삶이 얼마나 후회스럽겠는가.

나는 결심을 증명하듯 미용실에 가서 씩씩하게 머리를 밀어 버렸다.

공교롭게도 집안의 환자는 나뿐만이 아니었다. 내가 항암치료를 받을 때마다 작은형님 댁을 오가시던 시어머니의 건강이 급격히 나빠졌던 것이다. 숨이 가빠지다 보니 며칠째 식사도 하지 못하고 내가 만든 과일 주스만 겨우 드셨다.

하루는 시어머니가 목욕을 하고 싶다고 말씀하셨다. 본능적으로 그것이 나를 향한 마지막 소원임을 직감했다. 어머님은 어린 아이처럼 나에게 벗은 몸을 맡기셨다. 속옷

차림의 나는 시어머니의 쇄골에 물이 고인 것을 보는 순간, 마음속에 뜨거운 연민의 정이 솟구쳐 올라왔다. 30년 고부간의 애증이 눈 녹듯이 녹아내리는 듯했다. 그 순간, 수증기 가득한 목욕탕 안의 민머리 며느리와 앙상하게 뼈만 남은 시어머니의 모습이 갑자기 아름답게 느껴졌다. 일생일대의 이별 의식을 치르듯 욕실에는 적막만이 감돌았다. 목욕 후엔 큰딸이 커다란 수건으로 어머님을 받아 닦아드리고 옷을 입혀드렸다. 20여 년 전 갓난아기였던 딸을 받아 안았던 그때처럼….

"어미야, 고맙다."

어머님은 몇 번씩이나 고맙다고 말씀하고는 방으로 들어가셨다. 그날 밤, 어머님은 늘 소원하던 대로 조용히 주무시다 돌아가셨다. 향년 95세. 종갓집 종부다운 꼿꼿한 삶이었다.

나이가 들며 가장 견디기 힘든 과제는 주변 사람들과 하나씩 작별하는 일이 아닌가 싶다. 그러나 나는 오히려 그런 일이 있을수록 나의 죽음에 대해 더욱 진지하게 생각해 보게 되었다. 나도 남들처럼 나이 들어갈 테고, 언젠가는 그곳으로 떠나게 될 테니까. 시어머니가 돌아가신 후 나는 흔들리는 마음을 더욱 굳게 다잡을 수 있었다. 2년 동안 모든 치료를 부작용 없이 끝낸 나는 두 번째 개인전을 열며 화가로서의 꿈을 굳건히 지켜나갔다. 언젠가 내 삶의 마지막 순간이 다시 찾아올 때 나는 어떤 모습으로 떠나게 될까? 남은 이들에게 어떤 모습으로 기억될 수 있을까?

한 번뿐인 삶, 후회 없이 살고 싶다.

남도의 봄 | 162.2 x 130.3cm | Acrylic on canvas | 2010

양귀비 | 45.5 x 37.9cm | Watercolor on paper | 2008

전시회를 준비하느라 말할 수 없는 고생을 했지만,

그 동안의 공백을 메우려면 그 정도 고생은 필요했다고 본다.

인생에서 쉽게 얻을 수 있는 것은 아무 것도 없으니까.

새로운 출발
○(그림), △(별로 못 그림), ×(못 그림)

"암은 완치되었지만, 늘 조심하셔야 합니다."

의사의 말에 나는 또 한 번 눈물을 흘렸다. 이번에는 기쁨의 눈물이었다. 징글징글하게 나를 괴롭히던 암으로부터의 졸업이었다.

그랬다. 이제는 좀 더 적극적으로 작품 활동을 해야 할 순간이었다. 나는 곧바로 그림 그리기에 매달리기 시작했다. 달력에다 매일의 진행 상황을 ○(그림), △(별로 못 그림), ×(못 그림)으로 나누어 표시했다. 그렇게 꼬박 일 년 동안 오로지 나 자신을 믿고 치열하게 그렸다.

가족들은 내가 또다시 건강을 해치지나 않을까 염려 반 걱정 반이었다. 그러나 호된 경험으로 건강의 중요성을 뼈저리게 깨달은 나는 다시는 그런 일이 일어나지 않도록 몸을 꾸준히 챙기는 것을 잊지 않았다. 어쩌면 육신이란 영혼이라는 운전자가 탑승한 일종의 자동차가 아닐까? 연식이 오래되더라도 꼼꼼히 관리한 자동차는 멀리까지 잘 달릴 수 있으니 말이다.

　　그해 12월, 나는 예술의 전당 지하 '갤러리 7'이라는 대형 갤러리에서 세 번째 개인전을 열기로 했다. 투병의 공백을 깨기 위한 새로운 출발이었다. 전시명은 〈남도의 봄〉(The Spring in Southern Island)으로 정했다. 재기전인 만큼 도록을 제대로 만들고 싶었다. 유명 평론가 신항섭 선생의 평론을 받았고, 영어 번역은 미국에 있는 셋째 언니가 맡아 주었다. 3회 개인전에서는 그동안 관심을 가졌던 소재인 꽃에 좀 더 집중해 보기로 했다.
　　그때 나에게는 하나의 화두가 있었다.

　　'꽃을 그리는 데 수채화만이 답일까?'

수채화로 그린 꽃은 내가 원하던 느낌을 내지 못했으므로 재료에 대한 고민이 필요한 시점이었다. 나는 우선 수채화와 유화 느낌을 모두 살릴 수 있는 아크릴화에 도전해 보았다. 결과는 그닥 마음에 들지 않았다. 유화 느낌이 나긴 했지만, 유화만큼 자연스러운 광택이 나오지 않았던 것이다. 꽃잎의 생생한 광택을 표현하려면 유화를 그려야만 했다.

사실 나는 서양화과를 졸업하고 유화를 전공했지만 오랫동안 수채화로만 그림을 그린 터라 유화가 낯설어져 있었다. 아니, 잘 그릴 수 있을지 조금은 겁을 집어먹고 있었다. 하지만 망설이기만 하면 무슨 소용이겠는가. 또 한 번 마음을 다잡고 유화 재료를 구입했다.

특유의 물감 냄새, 용매제인 '린시드유'와 '테레핀유'의 냄새를 맡는 순간 괜한 걱정을 했다는 것을 알게 되었다. 고향에 온 듯 편안한 느낌이 들었다. 10호 크기의 캔버스를 여러 개 사다 놓으니 의욕도 되살아났다. 일단 사놓고 나니 아까워서라도 그림을 그리지 않을 수 없었다.

그렇게 조심스럽게 내놓은 두 점의 작품은 양귀비를 그린 10호짜리 그림이었다. 졸업 후 32년 만에 시도한 작품이라 약간 어색한 느낌이 있었지만 꽃 그림에 유화 물감이 최고라는 것을 깨달은 순간이었다.

전시회 날, 나는 동백꽃과 남쪽 바다를 그린 작품을 가장 잘 보이는 자리에 걸어 두었다. 50호에서 100호 크기의 아크릴화 를 비롯해 모두 큼지막한 작품이었다. 출품한 작품 대부분은 수채화 작품이었지만 그래도 양귀비를 그린 10호짜리 유화 두 점에, 괜찮다 싶은 아크릴화도 몇 점 걸었다. 전시장을 꽉 채운 작품들을 바라보니 원래의 내 자리로 돌아왔다는 실감이 났다.

재기전은 뜻밖의 성과를 거두었다. 전혀 모르는 사람들에게 작품이 팔렸던 것이다. 내가 그린 그림이 일반 관람객에게 인정받았다는 기쁨은 나를 오랫동안 행복하게 했다.

여느 때처럼 동백을 그리고 있던 2012년 여름, 평화화랑에서 연락이 왔다. 급작스레 전시를 취소한 화가가 있다며 대신 전시를 할 수 있겠느냐고 요청해 온 것이다. 개인전을 연 지도 벌써 2년이 되어 가는 터라 망설이지 않고 흔쾌히 수락했다. 오프닝까지 기간은 한 달 반 남아 있어 촉박하긴 했지만, 이때쯤 유화 그리기가 어느 정도 손에 익었기에 약간의 여유가 있었다. 그동안 그렸던 그림에다 조금만 더 보탠다면 충분히 가능할 것 같았다.

7월 하순부터 에어컨도 없는 문간방에서 작업에 매달렸다. 마감 시간을 정해 놓으니 그림에도 속도가 붙었다. 그렇게 나는 동백 시리즈 네 점, 호박꽃과 수선화 그림 두 점, 총 여섯 점의 유화 작품을 출품할 수 있었다.

4회 개인전에는 졸업 작품전 이후 32년 만에 처음으로 유화를 여섯 점 걸었다. 전시회를 준비하느라 말할 수 없는 고생을 했지만, 그 동안의 공백을 메우려면 그 정도 고생은 필요했다고 본다. 인생에서 쉽게 얻을 수 있는 것은 아무 것도 없으니까.

수채화 강사 박혜령

네 번째 개인전이 끝나고 얼마 되지 않은 어느 화창한 가을날 아침, 내게 생각지 못한 또 다른 기회가 찾아왔다. 신월동 성당 문화교실에서 수채화반 강사를 맡아줄 수 있겠냐는 전화가 걸려온 것이다.

나는 어떠한 기회가 주어지면, 긍정적으로 받아들이는 편이다. 당시에는 아무것도 아니었던 첫걸음이, 뜻하지 않은 결과로 이어지는 경우가 종종 있었기 때문이다. 성인을 대상으로 강의를 한 것은 학교 선생님들을 가르쳐 본 경험이 전부였지만 나는 덜컥 할 수 있다고 대답해 버렸다.

다시 가르치는 입장으로 돌아온 느낌은 남달랐다. 병마와 싸우는 동안 미술학원을 정리한 터라 한동안 강의에 공백이 있었던 것이다. 다행히 신부님은 수채화를 그리는 분이었고, 원장 수녀님도 그림 그리기에 관심이 많아서 가르치는 데 큰 어려움은 없었다. 무엇보다 주부 수강생들의 반응이 좋아 큰 힘을 얻었다. 이듬해엔 전에 다녔던 목5동 성당과 등촌1동 성당에도 수채화반이 추가로 개설되면서, 나는 일주일에 세 번 강의를 나가게 되었다.

수강자의 연령층은 20대에서 80대까지 다양했다. 그림을 처음 배우는 분이 대부분이었지만 다들 하루가 다르게 실력이 부쩍부쩍 늘었다. 기초 데생부터 시작했는데 수채화 전시회에 작품을 출품하는 분도 있었다. 그림 실력은 회원들의 나이와는 상관이 없었다. 심지어 7, 80대 가운데 뛰어난 재능을 보이는 분들도 제법 많았다.

비밀은 '얼마나 그림 그리기를 좋아하는가'와 '얼마나 그림 그리기에 시간을 투자하는가'에 달려 있었다. '천재는 1퍼센트의 영감과 99퍼센트의 노력으로 이루어진다'고 하지 않았던가. 자신이 좋아하는 일에 시간을 들이고 관심을 기울이다 보면 어느새 실력은 일취월장하게 마련이다.

지금도 꾸준히 그림을 그리고 있는 한 70대 회원은 어린 시절 꿈이 화가였지만 형편이 어려워 그림을 그릴 수 없었다며 누구보다 밝은 표정으로 수업에 참여하곤 했다. 그녀가 그림을 그리는 모습을 보고 있으면 미국의 국민 화가 모지스 할머니가 떠올라 나도 모르게 미소가 지어지곤 한다.

　　안나 마리 로버트슨 모지스. 그녀는 평범한 시골 농부의 아내였지만, 76세에 붓을 잡은 이후로 미국의 전원생활을 밝고 아름답게 묘사해 많은 사람들의 감동을 자아냈고, 100번째 생일을 맞이할 때는 이미 국제적 명성을 얻은 화가가 되었다.

　　만약 그녀가 어린 시절 꿈을 포기하고 현실에 안주한 채 살아갔다면 결코 지금과 같은 명성을 얻지 못했을 뿐더러 행복하지도 못했을 것이다. 모지스 할머니는 세상을 떠날 때까지 무려 1,500여 점이나 되는 작품을 남겼다. 좋아하는 일을 마음속에 품고 끊임없이 도전했던 그녀의 삶은 새로운 삶을 꿈꾸는 사람들에게 훌륭한 롤모델이 되어 줄 것이다.

1년이 지난 후 세 곳의 성당에서 각각 전시회를 열기로 했다. 나의 전시회만 관여하다 제자들이 주인공이 되는 전시회에 참여하는 기분은 설렘이라는 단어만으로는 어떤 설명도 되지 않았다.

전시회가 다가오자 회원들은 그림을 고르고 액자를 맞추며 하루하루 즐거운 시간을 보냈다. 전시회 당일에는 가장 아름다운 원피스와 목걸이로 치장을 하고 환한 미소로 모여들었다. 대부분 생애 첫 전시회였으니 그만큼 기대도 컸을 것이다. 전시에 대한 반응이 좋았는지 수채화 강의 수강생들은 해를 거듭할수록 늘어났고, 몇 년 후엔 외부의 대형 전시관에서도 전시회를 열 수 있었다. 생각만 했다면 결코 일어나지 못할 일이었다. 이렇게 한 해 한 해, 나는 화가로서의 작품 활동과 강사로서의 교육 활동을 병행해 나갔다.

렘브란트의 성서화 강의

2019년 늦은 봄이었다. 목5동 성당 문화교실의 수채화반 강좌가 끝나자 P가 나에게 뜻밖의 요청을 해왔다. 이웃 교회의 노인대학 학생들에게 미술 강의를 해달라는 것이었다. '렘브란트의 성서화'라는 구체적 주제까지 정해져 있었다.

그러나 100명이 넘는 사람들 앞에서 강의해 본 적이 없었던 나는 그 요청을 받아들이기가 쉽지 않았다. P는 지난 동유럽 여행 때처럼 편하게 하면 된다며 쉽게 생각하라고 나를 설득했다. 얼마 전 목5동 수채화반 회원들과 함께 다녀온 오스트리아 여행에서 회원들을 인솔하며 미술관에 걸린 명화를 설명해 준 적이 있었는데, 그것이 좋은 기억으로 남았던 모양이다. 나는 결국 P의 제안을 받아들일 수밖에 없었다.

집에 돌아와 제일 먼저 한 것은 서양미술사와 유럽의 미술관에 관한 책들을 고르는 일이었다. 나는 즉각 네덜란드 미술의 거장 렘브란트의 성서화에 관한 책 두 권을 비롯해 렘브란트에 관한 책을 여러 권 구입했다. 그런 다음 렘브란트의 일대기를 읽으며 강의에 활용할 부분을 표시해 나갔다. 미술백과, 지식백과, 블로그, 카페 등 인터넷 검색을 통해서도 정보를 수집했다. 고화질의 이미지가 필요할 땐 위키피디아의 힘을 빌렸다. 그림을 선정한 후에는 강의록을 만들었다.

1606년 네덜란드 레이던에서 태어난 렘브란트는 암스테르담에서 화가로 크게 성공하며 세계 미술사에 한 획을 그었다. 당시 신약 성경을 주제로 그림을 그린 화가는 많지 않으나, 그는 신앙심 깊은 개신교 신자로서 성경을 깊이 이해하였고 구약과 신약의 내용을 모두 그림으로 구현해 냈다. 그리하여 렘브란트는 유화 160점을 포함해 모두 850여 점의 성서화를 남겨 훗날 '성서의 화가'라는 별명을 갖게 되었다.

나는 영상 팀의 도움을 받아 〈스테파노의 순교〉, 〈돌아온 탕자〉, 〈선지자 발람과 당나귀〉, 〈토빗의 기도〉, 〈어리석은 부자의 비유〉, 〈선한 사마리아인〉, 〈예수의 수난〉 연작, 〈갈릴래아 바다 폭풍 속의 그리스도〉, 〈바쎄바〉 등 렘브란트의 작품들을 하나씩 소개하기 시작했다.

그 가운데에서도 가장 널리 알려진 〈돌아온 탕자〉에 대해 특별히 신경을 많이 썼다. 러시아 에르미타주 미술관에 전시된 이 작품은 신약성경에 나오는 유명한 에피소드를 화폭에 담은 것으로, 아버지의 한없는 사랑과 용서를 표현한 그의 만년 작품이다. 이 작품이 가난하고 외로운 노년을 보낸 그의 유작이라는 점은 매우 의미심장하다. 탕자와 같았던 자신의 삶을 위로 받고 싶었던 마음이 느껴져 볼 때마다 코끝이 찡해지는 그림이다.

강의가 끝을 향해 나아갈수록 청중들은 나의 강의에 쫑긋 귀를 기울였다. 어느새 긴장했던 마음은 온 데 간 데 없이 사라져 있었다. 응원차 자리를 빛내준 P를 비롯한 문화교실 회원들의 입가에도 만족스러운 미소가 번져 올랐다. 난생 처음 해본 '렘브란트의 성서화' 강의는 나의 경험치를 넓혀주며 만족스럽게 마무리되었다. 노인대학 학생들의 반응도 괜찮았다. 아무리 어려워 보이는 일도 이렇듯 지나고 보면 별 일 아니게 되어 버린다.

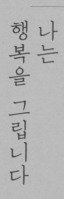

Part 5

나는 행복을 그립니다

혼자서도 외롭지 않기
혼밥·혼술·혼회·혼행·혼영

혼자 밥을 먹거나 여가를 보내는 일이 어느덧 자연스러운 사회 현상이 되었다지만 나에겐 그런 것들이 도통 익숙하지 않았다. 어딘지 떳떳하지 못하고 주눅이 드는 듯한 느낌이었기 때문이다. 나이 먹은 여자가 왜 혼자 여행(혼행)을 왔을까 의아하게 여길까 봐 혼자 영화(혼영)를 볼 때도 밥을 먹을 때도 주변 사람들의 눈치를 보기 일쑤였다.

특히 전시회 준비를 하거나 강사 일을 하다 보면 혼자 밥(혼밥)을 먹게 되는 경우가 많다. 나는 그럴 때마다 다른 사람과는 눈도 맞추지 못하고 묵묵히 밥만 먹곤 했다. 급하게 먹다 보니 밥맛이 있을 리 없었다. 혼자 된 후로는 마음 한 구석이 헛헛해 견디기 힘든 날들이 많았다.

남편이 떠난 이듬해 봄, 나는 동백 사진을 찍기 위해 거제도로 향했다. 홀로 운전하고 배까지 타는 일이 버거워 여행사의 안내를 받았다. 서울에서 버스를 타고 출발하는 1박 2일 여정이었다. 주변을 둘러보니 혼자 온 사람은 나밖에 없는 듯했다. 은퇴한 부부 동반 그룹, 중·노년의 여성 동창들이 대부분이었다. 나는 그들이 묻지도 않았는데 스스로 '동백꽃 그림을 그리는 화가'라고 밝히기도 했다. 혼자라는 이유로 뭇 사람들의 시선을 받고 싶지 않아서였다.

통영에 도착하고 저녁이 되자 가이드는 통영 어시장에서 자유롭게 저녁을 해결하라 말하고는 어디론가 사라져 버렸다. 야속했다. 낯선 곳에서 혼밥을 해야 한다는 게 왠지 서글픈 느낌이 들었다. 사람들은 저마다 짝을 지어 식사하러 어디론가 떠났다.

하지만 끼니를 거를 수는 없는 일. 초봄의 어시장, 비릿한 바다 냄새를 맡으며 지천으로 깔린 신선한 해산물을 구경하고 있자니 시장기가 밀려왔다. 횟집에 가고 싶었다.

차마 혼자 들어갈 엄두가 나지 않았다. 혼밥하는 사람은 봤어도 '혼회'(혼자 회 먹기)를 하는 사람은 여지껏 보지 못했으니까.

그 순간 통영의 명물 충무김밥●집이 보였다. 간단히 김밥으로 때울까 하는 생각에 발걸음을 옮기려는 순간, 좌판 가득한 멍게와 해삼이 눈에 확 들어왔다. 내가 제일 좋아하는 해산물이었다.

'그래, 여기까지 와서 그냥 갈 수야 없지!'

해삼과 멍게를 한 바구니씩 주문하니 건너편 횟집으로 가져다준단다. 넓은 횟집에 혼자 앉으려니 자릿값이라도 치러야 할 듯해서 회덮밥을 한 그릇 더 시켰다. 곧 둘이 먹어도 남을 만큼 푸짐한 상이 차려졌다. 태어나 먹어본 것 중에 가장 맛있는 멍게 해삼이었다. 용기를 내지 않았다면 두고두고 후회할 뻔했다.

● 손가락 정도의 굵기에 오징어무침과 무김치가 함께 나오는 것이 특징이다. 김밥이 쉽게 상하는 것을 막기 위해 만들어졌다. 1980년대 이후 전국적인 인기를 끌었다.

숙소로 들어온 뒤로는 혼술에도 도전했다. 낮에 찍은 사진들을 보며 혼자 500밀리 캔을 비우고 있으니 무척 자유로운 기분이 들었다. 나는 다 마신 캔을 휴지통에 구겨 넣으며 혼잣말을 중얼거렸다.

"이렇게 혼자 여행 와서 혼술 하는 것도 나쁘지 않네."

나는 지금껏 행복이란 것을 일상의 시간과 완전히 분리하여 생각하고 살아왔다. 행복은 저만큼 높은 언덕 위에 있어 힘들여 올라가야만 손에 넣을 수 있는 무엇이라 믿었다. 하지만 그 순간 내가 틀렸다는 걸 깨달았다. 꼭 누군가와 함께여만 얻을 수 있는 것이 아니었다. 어차피 인생은 홀로서기 아니던가! 내 삶은 내가 원할 때 언제든지 행복해질 수 있다.

그날 이후 나는 혼자 하는 생활을 즐기게 되었다. 막상 적응하고 나니 편한 점이 훨씬 더 많았다. 이제 누가 옆에 앉는지 신경도 안 쓰인다. 오직 밥이 맛있는지 아닌지, 영화가 재미있는지 없는지, 그림이 아름다운지 아닌지, 그런 본질적 행복만이 중요해졌다.

힐링의 시간
스페인 미술 여행

암 투병을 하면서도 나는 미술학원을 계속 운영하고 있었다. 그러나 항암치료를 마치고 다시 1년 동안 표적 치료를 했다. 그러면서 도저히 학원을 계속할 수는 없겠다고 판단했다. 마침 같은 아파트 단지에서 학원을 운영하던 후배 L이 인수 의사를 밝혀 왔다. 학원을 넘기는 것은 안타까운 일이었지만 제 몸 하나 가누지 못하면서 일한들 무슨 의미가 있으랴. 그렇지만 그림 그리는 것만큼은 포기할 수 없었다. 나는 치료를 하면서도 있는 힘을 다해 몇 점의 그림을 그렸다. 2008년 7월, 아직 투병을 하는 와중에도 두 번째 개인전을 열 수 있는 기회가 찾아왔다. 인천문화예술회관에서 열린 목우회 부스 개인전이었다. 다만 전시회 개막일 새벽에 어머님이 세상을 떠나셨으므로 전시장에는 뒤늦게야 방문할 수 있었다.

"엄마를 위한 시간을 가져 보자. 나하고 둘이서 여행을 가는 거야."
"어디로?"
"엄마가 제일 가고 싶어 했던 곳!"

스페인. 나는 오래전부터 스페인으로 가서 유명한 미술관들을 직접 둘러보기를 소망해 왔었다. 큰딸은 암 투병으로 지친 나를 위해 기꺼이 자유 여행을 준비했던 것이다.

2008년 10월, 우리는 스페인으로 떠났다. 그즈음에는 항암치료가 끝나고, 1년간의 표적 임상 치료를 받아야 한다는 의사의 소견이 있었다. 완치가 된 것은 아니었지만 어느 정도의 생활은 가능한 상태로 접어들고 있었다.

아직 민머리인 나는 가발과 두건을 쓰고 장시간 비행을 했다. 네덜란드 암스테르담의 스키폴 공항을 경유했다. 그곳에서 큰맘을 먹고 기념품으로 값비싼 나막신*을 샀다.

스페인 마드리드 공항에 내렸을 때는 이미 늦은 밤이었다. 밖에는 장대비가 추적추적 내리고 있었다. 방에 들어오고 나서야 스키폴공항에서 산 나막신과 자잘한 기념품을 택시 뒤 트렁크에 두고 내렸음을 깨달았다. 딸이 사방으로 전화를 했지만 찾을 수가 없었다.

하지만 스페인은 보상이라도 하듯 내게 놀라운 건축물과 라틴 문화의 정수를 보여 주었다. 기차를 타고 찾았던 톨레도 대성당, 끝도 없이 높은 황금색 제대. 마드리드 소피아 왕비 미술관에서의 피카소의 걸작 〈게르니카〉는 또 얼마나 장엄했던가.

고대하던 프라도 미술관에 갈 때는, 한껏 멋을 부렸다.

• 해수면보다 낮은 지면으로 잦은 침수를 겪었던 네덜란드 국민들은 '크롬펜'이라고 불리는 나막신을 만들어 신곤 했다. 암스테르담 근교 잔세스칸스 마을에 있는 나막신 박물관에서는 실제로 나막신을 제작하는 모습을 구경할 수 있고, 직접 신어보거나 구입할 수 있다.

가발을 쓰고 집시치마를 입고 오랜만에 정성껏 화장을 했다. 환자라는 꼬리표가 떨어져 나간 듯한 생각에 마음이 홀가분했다.

관람은 위층에서부터 아래로 향했는데 3층에는 프란치스코 고야(Francisco Jos de Goya y Lucientes)의 작품들이 많았다. 2층에는 벨라스케스(Diego Velazquez)의 〈시녀들〉을 비롯한 세기의 명작들이 모여 있었다. 대가의 그림은 한눈에 봐도 깊이가 느껴졌고, 보면 볼수록 오묘한 기쁨을 선사했다.

그런데 한창 감동에 취해 있을 무렵, 갑자기 호흡이 가빠지기 시작했다. 나는 간의의자 위로 스르륵 쓰러졌다. 밀폐된 미술관 실내의 공기 탓이었을까. 긴급 출동한 프라도 미술관 의무팀은 나를 휠체어에 태우고 미술관 관객들 사이를 곡예하듯 이리저리 빠져 나갔다.

'여행을 오지 말았어야 했나? 큰맘 먹고 여기까지 왔는데, 설마 이렇게 죽는 것은 아니겠지….'

진땀을 흘리며 프라도 미술관 의무실에서 몇 시간을 누

워 있어야 했다. 딸이라도 관람을 했으면 좋았으련만, 아이는 고집을 피우며 내 옆을 지키겠노라고 했다. 이 날 더는 아무 곳도 다니지 못했다. 환자의 몸임을 실감할 수밖에 없었다.

딸은 그날 이후 택시를 타고 다니자고 했다. 문제는 음식이었다. 현지 음식을 도통 먹을 수가 없었다. 항암치료 탓에 유난히 냄새에 예민해진 나는 스페인 향료에 적응하지 못했다. 이곳저곳 수소문 한 끝에 딸이 한국 식당을 찾아냈다. 불고기와 잡채, 된장찌개를 먹으니 비로소 살 것 같았다. 마치 운동선수들이 해외 원정 경기를 와서 김치나 고추장 먹고 컨디션 조절을 했다는 에피소드처럼….

여행은 계속되었다. 그라나다에서는 알함브라 궁전과 하계 별장을 찾았다. 전세계에 널리 알려진 〈알함브라 궁전의 추억〉은 기타리스트 타레가가 그곳 분수의 물방울 소리를 듣고 작곡했다고 한다. 동굴에서 본 집시들의 플라멩코 춤도 결코 잊지 못할 추억이 되었다.

바르셀로나에서는 주로 건축 기행을 했다. 먼저 가우디의 '성가족성당'(사그리아 파밀리아)을 찾았다. 몇 년 후에

나 완공될 미완성 건축물이었지만, 실물로 본 가우디의 역작은 과연 인간이 설계한 게 맞나 싶을 정도로 웅장하고 아름다웠다. 신의 숨결이 어느 때보다도 가까이 느껴졌다. 그날 나는 살아서 그곳에 갈 수 있었던 것에 대해 깊이 감사했다.

주거용으로 지은 카사 밀라, 카사 바트요는 물론이요, 구엘 공원에 이르기까지. 가우디의 건축물은 바르셀로나 곳곳에 들어서 있었다. 가우디의 스승 도메네크가 지은 카탈라냐 음악당과 산 파우 병원도 도시의 정취를 한껏 더해주었다. 다니는 동안 피곤해진 나는 중간 중간 벤치에 누워서 쉬었다.

"엄마, 완공되면 꼭 다시 여기 오자. 약속!"

딸과 나는 마치 10대 소녀처럼 서로 새끼손가락을 마주 걸고 함께 웃었다.

뒤늦은 환갑 여행
서유럽 미술 여행

남편을 보내고 1년여의 시간이 흘렀다. 나는 다시 삶을 시작하는 마음으로 막내딸과 새로운 집에 이사를 와 있었다. 정신없던 일들이 하나둘 정리되면서 조금씩 마음의 평화가 찾아오는 듯하던 어느 날, 일러스트레이터로 일하는 막내딸이 불쑥 서유럽 패키지여행을 제안해 왔다. 환갑 기념으로 여행을 떠나자는 것이었다. 사실 내 환갑은 진즉에 지나 있었다. 몇 년 전부터 가족들과 서유럽 여행을 다녀오자고 했었지만, 내가 환갑이 되었을 때는 남편이 암 투병 중이어서 움직일 수가 없었던 것이다. 가족사진 속에서 환하게 웃고 있는 남편의 얼굴을 쳐다보면 지금도 그때의 감정과 온도가 고스란히 전해져 온다.

나는 딸아이의 제안을 흔쾌히 받아들였다. 지금이 아니라면 언제 떠날지도 알 수 없는 데다 평소에 가고 싶었던 곳들을 전부 돌아볼 수 있는 흔치 않은 기회였다. 마침 여행 코스 중간중간에 미술관과 역사 유적을 관람할 수 있는 시간이 있어 그림을 그리는 내게는 더없이 귀중한 미술 여행이 될 터였다.

첫 번째 목적지는 독일이었다. 우리는 프랑크푸르트공항에 내려 영화 《황태자의 첫사랑》의 배경이 되었던 유서 깊은 도시 하이델베르크로 이동했다. 철학의 도시라는 명성에 걸맞게 조용하면서도 자유로운 분위기가 물씬 느껴졌다.

중심부인 마르크트 광장엔 성령교회가 우뚝 솟아 있었다. 높이 솟은 첨탑은 중세 고딕 양식으로, 지붕을 덮은 돔은 바로크 양식으로 지어진 이 건축물은 하이델베르크의 랜드마크이다. 광장을 중심으로 독일 특유의 고풍스러운 건물들이 줄지어 있는 것이 아기자기하면서도 정확한 독일인의 성격을 그대로 드러내는 것 같아 무척 흥미로웠다.

하이델베르크 고성에서 바라본 도시의 전경도 매우 아름다웠다. 유유히 흐르는 강물 위로 놓인 도시의 명물 카를 테오도르 다리는 갈색 지붕들과 어우러져 장관을 연출해냈다.

두 번째로 찾은 나라는 스위스였다. 먼저 스위스 중부의 작은 도시 인터라켄으로 향했다. 우리나라 사람들에게 가장 널리 알려진 스위스의 관광지가 아닌가 싶다. 융프라우요흐 설산이 보이는 산등성이에는 홀씨만 남은 민들레가 빼곡히 들판을 채우고 있었다. 일행은 아름다운 만년설을 보며 산악 기차로 마을에 도착했다. 우리 모녀는 산속 마을에서 모처럼 둘만의 자유 시간을 보냈다. 행복한 시간이었다.

다음은 오래전부터 꼭 가보고 싶었던 스위스의 루체른 호수였다. 하얀 백조들과 호수 위에 길다랗게 놓인 카펠교가 여행의 맛을 한층 돋워 주었다. 카펠교는 루체른 호수의 남쪽과 북쪽을 이어주는 다리로, 유럽에서 가장 오래 된 목조 다리라고 한다. 통로를 따라 덮인 지붕의 대들보 아래엔 17세기의 대표적 화가 하인리히 베그만이 그린 판화 작품들이 걸려 있었다. 각각의 그림에는 루체른 지역의 역사와 루체른 수호성인의 일대기가 그려져 있어 이곳이 얼마나 유서 깊은 도시인지 알 수 있었다. 시가지 곳곳에 그려진 벽화나 중세풍 가게들은 도시의 예술적 분위기를 한껏 고취시켰다.

남자 가이드는 나의 예쁜 막내딸을 보며 짓궂은 농담을 던지기도 했다. 남자 중에는 스위스 남자가 제일이니 자기가 소개를 해주겠다나? 당시 유수의 기업에 갓 입사한 지금의 사위와 열애 중이던 딸과 나는 그저 웃기만 할 뿐이었다.

다음 국가는 이탈리아였다. 이탈리아는 어느 도시를 가든 보고 느낄 것이 가득했다. 그야말로 '예술의 나라'요, '종교의 나라'였다.

바티칸에서 마주한 성 베드로 대성당은 세계 최대의 성당이라는 찬사에 걸맞게 웅장함과 장엄함을 드러냈다. 시스티나 성당 천장에 그려진 미켈란젤로의 〈천지창조〉를 봤을 때는 한없는 경외심을 느꼈다. '사람이 이런 작업을 할 수도 있구나' 하는 찬탄이 절로 나왔다. 본당에 전시된 〈피에타〉를 실물로 봤을 때는 작품이 가져다주는 섬세한 아름다움과 생동감에 온몸에 전율이 흘렀다.

르네상스의 발원지이자 15세기에서 17세기까지 문화 예술의 중심지로 정점을 찍은 피렌체는 도시 전체가 하나의 커다란 박물관이었다. 영화 《냉정과 열정 사이》로 유명해진 피렌체 대성당은 물론이고 〈비너스의 탄생〉을 비롯한 르네상스 작품들이 가득한 우피치 미술관, 중세 시대의 흔적이 남아 있는 베키오 다리까지…. 그냥 지나칠 장소가 하나도 없었다. 도시가 머금은 찬란함과 화려함은 내게 깊은 인상과 감동을 심어주기에 충분했다.

영화배우 안재욱을 닮은 잘생긴 청년 가이드와 함께한 이탈리아 여정은 유독 행복했던 기억으로 남아 있다. 베네치아에서 곤돌라를 탔던 일, 소렌토에서 보트를 타고 섬을 일주한 일, 로마 근교에서 묵었던 레트로 감성의 호텔도 나에게는 근사한 추억이다.

마지막 행선지는 프랑스 파리와 영국 런던이었다. 파리

북역에서 출발한 '유로스타'는 두 시간 반 만에 런던 세인트 판크라스 역에 도착했다. 해저 터널을 지나 기차로 다른 나라 국경을 넘어가다니 그야말로 격세지감이 아닐 수 없었다. 빠듯한 일정 탓에 많은 곳을 여유 있게 돌아보지는 못했지만 루브르 미술관, 베르사유 궁전, 대영박물관 방문도 빼놓을 수 없는 기억이다. 역사와 시대를 관통하는 미술품과 문화유산을 보며 나는 압도 당하고 말았다.

돌이켜 생각해 보니 40명이나 되는 일행 가운데 모녀가 함께한 팀은 우리뿐이었다. 유독 부부 팀이 많아서 그런지 남편과 함께하지 못한 것이 두고두고 아쉬웠다. 여행 초기에 약간의 다툼이 있긴 했지만 12일간 여행은 모녀 사이의 대화와 공감대를 풍성하게 만들어 주었다. 막내와의 유럽 여행은 나에게는 미술 여행이었지만 모녀 사이에는 평생 반추할 추억을 만들어준 또 하나의 소중한 인생 여행이 되었다.

동백꽃 필 무렵

2019년, 크리스마스 시즌마다 열리는 인기 아트페어인 서울아트쇼에 참가했다. 부스 하나를 친구와 둘이 나눠서 쓰기로 하고 부스를 채울 작품 준비에 들어갈 무렵, 우연히 《동백꽃 필 무렵》이라는 드라마를 보게 되었다.

박복하다는 편견에 사로잡힌 채 세상을 살아가던 동백이 용식이라는 청년을 만나면서 변화해 가는 기적 같은 이야기를 그려낸 이 드라마는 당시 시청률 20퍼센트를 넘길 정도로 큰 인기를 끌었다. TV를 잘 시청하지 않는 나였지만, 본방 사수를 하며 방송 날짜를 손꼽아 기다리게 되었다.

내 눈길을 사로잡은 것은 화면 속에 간간이 등장하는 동백꽃 일러스트였다. 간단하게 그린 것처럼 보였지만 새빨간 동백꽃의 특징과 매력을 아름답게 포착하고 있었다. 불현듯 전시 제목을 〈동백꽃 필 무렵〉으로 하면 좋겠다는 생각이 들었다. 나는 그 길로 전시 콘셉트를 결정하고 그에 맞는 작품을 그리기 시작했다. 전시 리플릿도 신경 써서 만들었다.

부스에 디스플레이를 해 놓고 보니 나름 멋져 보였다. 전시회장을 찾은 사람들도 우리 부스의 제목을 마음에 들어 하는 것 같았다. 관람객들은 동백꽃이 활짝 핀 부스에서 발길을 멈추고 셀카를 찍기도 했다. 내 입가에는 만족스런 미소가 지어졌다. 부스 외벽에는 모란과 사과나무 작품도 걸려 있었지만 그날의 주인공은 누가 뭐래도 동백꽃이었다.

내가 동백꽃을 주요 소재로 삼은 건 새빨간 꽃잎과 노란 꽃술이 가져다주는 아름다움에 반해서지만 동백이 주는 강인한 생명력과 지조가 주는 매력 때문이기도 하다.

동백은 차디찬 한겨울의 바닷바람을 맞으며 봄을 잉태하는 꽃나무다. 그 옛날 마땅히 즐길 것이 없던 시절에 남쪽 섬사람들은 동백이 피어나는 것을 보며 봄을 맞이할 희망에 부풀었다. 대지를 붉게 수놓은 꽃송이들을 보며 선조들은 선비의 지조와 절개를 떠올렸다고 한다. 가장 아름답고 싱싱할 때 바닥에 떨어져 버리는 것이 마치 선비의 고고한 마음가짐을 닮았다는 이유에서였다. 동백은 이렇게 나무에서 한 번, 땅에서 한 번 피어나며 자신의 존재감을 드러낸다.

요즘도 동백을 찾아 남쪽으로 길을 떠날 때마다 가슴이 두근거린다. 하얀 캔버스 위에 붉은 꽃잎과 노란 꽃술을 옮겨 담을 때도, 동백꽃과 사랑의 유희를 하는 동박새˙를 그릴 때도 가슴은 사정없이 고동친다.

그러나 가장 기분 좋은 순간은 전시회에서 내가 그린 동

˙ 선명한 연두색 몸과 새하얀 배가 특징으로, 남부지방에서 주로 관찰된다. 몸길이는 약 11센티미터. 붓 모양의 돌기로 동백꽃의 꿀을 빨아먹고 다른 동백꽃에 꽃가루를 날라다 준다. 동백꽃이 피는 것을 도와주는 동박새는 내가 가장 좋아하는 새다.

백 그림을 선보일 때다. 〈남도의 봄〉이라는 제목으로 개인 전도 두 번이나 열었다. 사랑하면 남들 눈에도 티가 나는 법이다. 많은 관객들이 나의 애정이 듬뿍 담긴 동백 그림을 사랑해 주었다.

자신의 모습을 잃지 않으면서 다른 사람에게 희망을 주는 동백꽃. 나는 삶의 여러 문제로 씨름하는 사람들에게 이렇게 말해 주고 싶다. 당신의 동백꽃 필 무렵은 바로 지금이라고.

꽃 화가의 일 년 농사

다시, 봄이다. 입춘과 경칩이 지나고도 한동안 날씨가 쌀쌀하더니 어제 아침부터 바람에 따스한 봄 기운이 실렸다. 노오란 산수유가 꽃망울을 터뜨린 모습에서, 제법 물이 오른 목련의 봉오리에서 드디어 나의 봄은 시작된다.

꽃 그림을 주로 그리는 나에게 봄은 사계절 가운데 제일 바쁜 계절이다. 농부가 봄이 오면 밭을 갈고 씨앗을 뿌리듯 나도 1년 치 그림 농사를 미리 준비해야 하기 때문이다.

그곳에 가면 – 동백 일부 | 116 x 91cm | Oil on canvas | 2022

대지를 붉게 수놓은 꽃송이들을 보며 선조들은 선비의
지조와 절개를 떠올렸다고 한다. 가장 아름답고 싱싱할 때
바닥에 떨어져 버리는 것이 마치 선비의 고고한 마음가짐을
닮았다는 이유에서였다. 동백은 이렇게 나무에서 한 번,
땅에서 한 번 피어나며 자신의 존재감을 드러낸다.

그래서 봄이 오면 무엇을 그릴까 궁리하면서 이런 꽃, 저런 꽃을 들여다보고 한참을 기웃거리며 사진을 찍는다. 남들 보기에는 한량 놀음 같아 보일지 모르겠으나 머릿속엔 어떻게 하면 이 아름다운 꽃들을 화폭에 잘 옮겨 담을 수 있을까 고민이 가득하다.

가까운 이웃 아파트에 목련이 봉오리를 틔우기만 하면 어김없이 카메라를 챙겨 밖으로 나간다. 요즘에는 스마트폰 성능이 좋아져서 카메라를 드는 일이 점점 줄어들고 있지만, 좋은 사진을 위해서라면 이런 작은 불편쯤은 충분히 감수할 수 있다. 멀리 여수 오동도나 거제도에서부터 서울의 고궁에 이르기까지, 꽃이 활짝 핀 곳이면 어디든 망설이지 않고 달려간다.

봄이 오면 제일 먼저 찾아가는 곳은 전남 구례 산수유 마을이다. 전국 산수유의 60퍼센트 이상이 구례에서 생산된다는 조사가 있을 만큼 이 마을은 봄마다 흐드러진 산수유 꽃으로 장관을 이룬다. 지리산 자락에 옹기종기 모인 집들 사이로 햇살을 받으며 걷다 보면 세상의 온갖 근심걱정이 아지랑이처럼 흩어져 사라지는 듯하다. 훈풍이 산수유 꽃향기를 은은히 실어다 줄 때는 내 마음도 덩달아 화사해진다.

　다른 꽃들도 빼놓을 수 없다. 나는 겨울을 뚫고 활짝 피어난 매화를 보러 순천 선암사, 강진 백련사에 다녀왔다. 무우전 돌담길을 따라 만개한 선암사의 홍매와 백매는 울긋불긋 꽃대궐을 연출하며 사람들의 탄성을 자아낸다. 동백꽃을 찍기 위해 올해에는 여수와 거제뿐만 아니라 고창 선운사까지 다녀왔다.

　사실 내가 가장 좋아하는 곳은 충남 서천이다. 나만의 숨겨둔 명소랄까? 마량리 동백나무 숲과 합전 마을 동백꽃 수선화 축제는 해마다 4월이 되면 빠뜨리지 않고 찾아간다. 마량리의 동백나무들은 바닷바람을 받아 유달리 키가 작고 둥글지만 우리나라에서 몇 안 되는 동백나무 숲으로서의 고고한 매력을 간직하고 있다. 3대 70년에 걸쳐 가꾸어 온 합전 마을의 작은 꽃동산 역시 물오른 꽃 사진을 찍기에는 더없이 안성맞춤이다. 때문에 서천에 다녀오면 늘 긍정적 에너지를 듬뿍 받고 집으로 돌아온다.

　동백이 질 무렵에는 개나리와 진달래, 그리고 철쭉이 앞다투어 피어난다. 뒤이어 벚꽃이 팝콘 터지듯 피어나며 눈부신 축제를 연다. 다음은 왕후의 꽃이라고 불리는 모란의 차례다. 서울에서는 5월에나 피던 모란꽃이 이제는 기후 변화로 인해 4월 중순이면 고운 자태를 드러낸다. 덕수궁과 창덕궁에 가면 화려하면서도 기품 있는 모란을 만날 수 있다.

모란이 질 때를 기다렸다가 슬그머니 피어나는 꽃은 작약이다. 수줍은 신부의 꽃으로 불리는 작약은 그 복스러운 외양 때문에 예로부터 함박꽃이라고도 불렸다. 시골 텃밭 여기저기에서도 생명력 있게 잘 피어난다. 여행 중 순천만 국가정원에서 우연히 만난 작약은 2년째 내 수채화의 소재가 되고 있다. 드넓은 정원에 가득 핀 작약꽃의 탐스러운 진분홍 꽃송이는 당장이라도 붓을 들고 싶게 만든다.

보라색 아이리스와 토종 붓꽃들은 그 다음이다. 아이리스는 용인 한택식물원에서, 붓꽃은 오대산 자생식물원에서 실컷 볼 수 있다. 들판을 가득 물들인 다홍빛 아네모네와 양귀비도 이 시기에는 결코 놓칠 수 없는 화려한 볼거리이다.

5월의 여왕 장미는 전국의 장미공원에서 쉽게 만날 수 있다. 단일 장미공원으로는 국내 최대 규모를 자랑하는 부천 도당동의 백만송이 장미원에는 형형색색의 장미꽃이

환상적 분위기를 자아낸다.

'화무십일홍'(花無十日紅)이라는 말처럼 봄꽃은 길어도 열흘을 피어 있지 못하고 바삐 제 갈 길을 간다. 그것이 꽃이 지닌 매력이라지만 안타까움이 남는 것은 어쩔 수 없다. 내가 서툴게나마 화폭에 봄꽃을 담는 것은 그 절대적 아름다움과 절정의 찬란함을 그대로 흘려보내고 싶지 않기 때문인지 모른다.

여름에도 꽃은 계속 피어난다. 내가 보기에 여름 꽃은 작열하는 태양빛을 한껏 빨아들여 스스로의 색깔을 더욱 짙게 만드는 듯하다.

풍성한 꽃송이가 매력적인 수국은 6월의 제주도에서 절정을 이룬다. 하얀색에서 푸른색과 보라색으로 이어지는 그라데이션은 그 자체로 예술이다. 시골집 우물가에 피어 있는 접시꽃, 이른 아침에만 얼굴을 보여주는 호박꽃, 한여름 시골길에서 우연히 마주치는 맨드라미꽃 무리도 색다른 즐거움을 준다.

시골 마을 담벼락에서 흔히 만날 수 있는 능소화는 초여름을 수놓는다. 특유의 주홍빛 꽃잎을 바라보며 나는 한

해의 절반이 지나가고 있음을 문득 깨닫는다.

　한여름의 꽃으로는 연꽃이 있다. 내가 가 본 곳 중에는 양평 세미원의 연꽃밭이 으뜸이다. 불교의 정신세계와 맞닿아 있는 연꽃은 흙탕물 속에서도 고귀한 자태를 드러낸다. 뙤약볕 아래서 사진을 찍으려면 땀을 뻘뻘 흘려야 한다. 그렇지만 그 아름다운 자태를 보고 있노라면 연꽃을 보러 멀리까지 가는 수고는 조금도 힘들지 않다.

　가는 여름이 섭섭해 피어나는 꽃으로는 시골 밭두렁의 들국화, 여름부터 추석 무렵까지 피어있는 해바라기가 있다. 해바라기 그림은 유독 국내에서 인기가 많은데, 이는 황금빛 꽃잎이 재산을 불러들인다는 풍수지리적 믿음 때문이라고 한다.

　내 컴퓨터에는 이렇게 찍어 저장한 꽃 사진이 수십만 장에 이른다. 발품을 팔아 얻은 이 사진들은 내가 그림을 그릴 때는 물론 제자들의 수업 자료로도 쓰인다. 그러나 좋은 꽃 사진을 얻으려면 특별한 신경을 써야 한다. 해마다 개화 날짜가 미묘하게 달라질 뿐만 아니라 날씨에도 큰 영향을 받기 때문이다.

내가 꽃 사진을 찍을 때 지키는 원칙 세 가지가 있다.

첫째, 오직 맑은 날에만 찍는다. 꽃의 아름다움은 빛과 그림자가 만들어내는 색채의 향연에 달려 있어서다. 얇은 꽃잎을 뚫고 잎사귀에 투영된 꽃 그림자에는 여러 가지 색이 숨어 있어, 신비감마저 감돈다. 특히 꽃잎에 드리워진 꽃 수술의 다양한 그림자는 꽃 그림을 그리는 나에게 오묘한 기쁨을 안겨 준다. 흐린 날의 꽃 사진은 빛바랜 추억만을 남길 뿐이다.

둘째, 정오는 되도록 피한다. 꽃 그림자가 수직으로 떨어지기 때문이다. 꽃 그림자는 45도 각도의 사선일 때 가장 예쁘다. 시간으로는 오전 9~11시 사이가 가장 좋다. 오전에는 공기도 광선도 청량해서 꽃의 색깔도 선명하다. 오후 3~4시에는 빛의 각도는 비스듬해도 광선이 붉은 기운을 띠고 있어 가급적이면 촬영을 피한다. 석양의 꽃 사진은 술 취한 남자의 얼굴처럼 붉다.

특히 해바라기나 호박꽃, 나팔꽃이나 연꽃 등은 아침에만 촬영해야 한다. 꽃잎이 햇빛을 따라 움직이거나 아침에만 피기 때문이다. 이런 꽃들을 잘 찍으려면 아침 일찍 서둘러야 한다.

마지막으로, 꽃과 눈높이를 맞추는 것이 중요하다. 아래로 내려다보며 찍은 사진은 꽃이 가진 본연의 모습을 제대로 잡아내지 못한다. 작품의 구도는 '새의 시선'이 아니라 '나비의 시선'으로 보는 것이 바람직하다.

　사실 해바라기를 제외하면 대부분의 꽃은 키가 작다. 그래서 양귀비나 수선화 같은 꽃을 찍으려면 앉았다 일어나기를 수 없이 반복해야 한다. 그런 날은 어김없이 다리가 몹시 아프다. 그래도 아직은 몸 건강히 사진을 찍으러 다닐 수 있음을 감사하게 생각한다.

　돌아오는 봄에는 과연 또 어떤 꽃을 만나게 될까.

찬란한 봄 - 작약 일부 | 73 x 53cm | Watercolor on paper | 2021

남도 동백꽃 여행

2년 전 가입해 둔 여행 카페에서 메일이 하나 도착해 있었다. 전남 강진과 해남, 보길도를 둘러보는 1박 2일 남도 여행 초대장이다. 때마침 동백꽃 여행을 가고자 했던 나에게는 더 없이 반가운 소식이었다.

일본인도 존경한다는 다산 정약용(1762~1837) 선생과 고산 윤선도 선생(1587~1671)의 발자취를 돌아보는 일정도 있어 뜻깊은 여행이 될 수 있을 것 같았다. 처음 보는 사람들과 함께하는 짧은 여정이었지만 그들 틈에 자연스레 섞여 인사도 하고 친교도 나눌 수 있었다. '따로 또 같이'가 가능한 여행이라 가벼운 마음으로 떠날 수 있었다.

다산의 자취 간직한 초당과 동백 숲

처음 도착한 강진에서는 다산 선생의 자취를 찾았다. 정조가 승하하고 신유박해°가 한창이던 1801년 겨울, 집권 세력의 미움을 산 다산과 그의 둘째 형 약전(1758~1816)은 나란히 남도 귀양길에 올랐다. 다산의 나이 서른아홉, 약전은 마흔넷이었다. 나주 금성산 아래 삼거리 주막에 묵은 형제는 날이 밝으면 약전은 유배지 흑산도로, 약용은 강진으로 떠나야 했다. 그날 밤 형제는 부둥켜 안고 오열했다. 이생에서의 마지막 이별이었다.

다산은 강진 읍내 동문 밖 주막집 방 한 칸에서 4년 동안 얹혀 살며 학문에 빠져들었다. 그는 제자라도 가르쳐야 하지 않느냐는 주모 할머니의 권유에 동네 중인들의 자제

• 순조 1년인 1801년에 발생한 천주교 박해 사건. 천주교에 가해진 조선 왕조 최초의 대규모 박해다. 정조 시기 유력 세력으로 급부상한 남인계 인사들을 숙청하려는 정치적 목적이 강했다. 정약용 형제들도 이 박해를 피해갈 수 없었다.

들을 모아 '사의재'(四宜齋)라는 공부방을 열었다. 그곳에 들어오는 이들이 생각과 용모, 언어와 행동을 올바로 하기를 바랐던 것이다.

다산은 이후 인근 백련사 주지 혜장선사의 배려로 고성암, 보은산방 등에서 약 3년 동안 살았다. 1808년 봄, 그는 외가 친척 윤단 소유의 산정(山亭)인 초당으로 다시 거처를 옮겼다. 윤단의 아들 윤규로가 다산을 초빙하고 자신의 네 아들과 조카 둘을 그에게서 배우게 했다. 다산은 1818년까지 10년 동안 이곳에서 귀양살이를 하면서 많은 후학을 길러 냈고, 《목민심서》, 《흠흠신서》 등 수많은 명저를 남겼다.

백련사를 지나 다산 초당으로 가는 길엔 차밭과 동백 숲이 빽빽하게 펼쳐져 있었다. 그곳의 동백꽃은 나무 위에 반, 땅 위에 반이 피어 있었다. 바람이 불 때마다 눈물처럼 후두둑 송이째 떨어지는 동백꽃들은 내 마음을 아프게 했다. 가는 동백이 아쉬워 핸드폰에도, 내 눈에도 부지런히 동백을 담았다. 혜장선사와 다산이 오가던 비탈진 오솔길을 한참 걸어 내려가자 마침내 다산 초당에 이르렀다. 200년 전 차를 마시며 학문을 교류하던 두 선인의 모습이 새

삼 머릿속에 그려진다.

　오후 늦게 도착한 곳은 해남반도 끄트머리에 자리 잡은 달마산 미황사였다. 미황사는 통일신라 시대인 749년 경덕왕 8년에 승려 의조가 창건한 사찰로, 바다가 내려다보이는 가파른 달마산 자락에 지어진 정서향의 아름다운 절이다. 달마대사의 법신(法身)이 계시는 사찰답게 달마대사의 위용 있는 석상이 세워져 있다. 조선 시대 서산대사의 제자들이 대둔사와 미황사로 내려오면서 조선 중기의 중심사찰이 된 미황사에는 달마대사에 얽힌 설화들이 전해져 오고 있다.

　바다 가까운 곳에 있는 달마산 정상의 바위들은 마치 울산바위를 옮겨다 놓은 듯 기개가 대단했다. 남쪽의 금강산이라고도 불린다. 오르고 또 오르면 못 오를 리 없건마는, 거의 산 정상에 있는 미황사 대웅보전까지 계속되는 계단은 끝을 모른다. 오르막길 옆으로 이어지는 동백나무, 벚나무들이 힘내서 올라가라는 듯 마치 내 등을 떠미는 것 같다.

　태곳적 바닷바람과 서향의 햇빛에 시달린 절 서까래의 단청은 빛이 바래 있었다. 나무색을 드러내며 그윽하기까지 하다. 곳곳에 활짝 피어 있는 노란 수선화 군락은 봄날 산행 후의 달콤한 아이스크림처럼 여행의 피로를 풀어 주었다. 봄날의 해남 미황사 동백나무는 기대 이상으로 내게 깊은 인상을 남겼다.

윤선도의 풍류가 깃든 보길도와 동백

둘째 날엔 새벽 다섯 시에 기상해 땅끝마을 선착장에 이르렀다. 새벽 어스름 속에 뒤를 돌아다보니, 저 멀리 산 위의 땅끝 전망대 옆에는 하얀 달이 걸려 있었다. 노화도 가는 배 갑판에서 바다 위 일출을 보았다. 참으로 오랜만에 보는 일출이다. 언제부터인지 보길도에 가려면 배를 타고 노화도를 거쳐야 한다. 우리가 서울에서 타고 온 버스도 같은 배에 실렸다. 노화도에 내린 우리는 곧바로 연륙교를 건너 보길도로 향했다.

보길도에 도착하자마자 전복 뚝배기로 아침 식사를 했다. 전복의 고장답게 보길도에서는 전복 파전, 전복 라면, 전복 무침 등 다양한 전복 요리를 맛볼 수 있었다. 식사 후에는 검푸른 조약돌로 유명한 예송리 갯돌 해변을 찾았다.

여행 카페의 길벗이 준비한 모닝 와인을 홀짝이면서 반짝이는 아침 바다를 카메라에 담았다. 여행의 고즈넉함을 가슴 깊이 만끽하는 순간이었다. 바닷바람을 정면으로 맞고 서 있는 작은 동백꽃들은 자연의 정취를 한껏 더해 주었다.

보길도에는 조선 중기의 시인이자 학자인 고산 윤선도의 자취가 곳곳에 남아 있다. 보길도의 아름다운 풍광에 반해 섬에 정착한 고산은 13년간 이곳에 머물며 〈어부사시사〉, 〈오우가〉 같은 명작을 탄생시켰다. 고산의 거처인 낙서재를 비롯해 아들이 기거했던 곡수당, 격자봉 중턱에 놓인 공부방 동천석실 등 섬에는 그와 관계된 유적이 많다.

특히 고산이 서책을 읽고 시를 지은 세연정, 뱃놀이를 즐긴 세연지, 활을 쏘며 소일했다는 사투암, 연회의 무대가 된 돌로 만든 작은 둔덕무대 등은 당시 고산 선생의 풍류를 짐작하게 하고도 남았다. 그 유명한 〈어부사시사〉를 완성한 장소가 바로 이곳이다. 이렇듯 고산은 남쪽 끝 보길도에서 자신만의 세계를 만들고 창작 활동을 하며 생을 살았다.

15년 만에 다시 와서 본 세연지에는 파란 하늘이 박혀 있었고, 벚꽃 잎들이 둥둥 떠다니고 있었다. 연못 주변으로는 키 큰 동백나무들이 꽃을 만개하고 있었는데, 그 가운데는 더러 꽃송이를 떨어뜨린 동백들도 있었다. 카메라로 건져낸 한 컷 한 컷이 모두 한 폭의 풍경 수채화였다.

남도 여행에서도 제일 많이 접한 나무는 동백나무였다. 가로수든 정원수든 산길이든, 들길이든, 섬이든 해변이든 어디서나 빨간 동백꽃을 어렵지 않게 볼 수 있었다. 동백꽃에 깊은 애정을 가지고 있는 나는 동백의 붉은 꽃잎과 하얀 수술 위에 소복이 쌓인 노란 꽃가루를 보면서 마음이 또다시 설레었다. 계절이 바뀌면 한동안 동백을 찾아볼 수 없을 테지만 동백꽃 피는 '남도의 봄'은 다시 찾아올 것이다.

모란과 작약 출사

동백꽃을 제외하고 내가 좋아하는 꽃 두 가지는 모란과 작약이다.

내가 모란을 처음 만난 것은 2012년 5월 남편과 함께 갔던 경북 영양*의 서석지에서다. 담양의 소쇄원, 보길도의 세연정과 더불어 한국의 3대 정원으로 손꼽히는 서석지 못가에 핀 붉고 탐스러운 모란에 금세 마음이 사로잡

---

* 경상북도 동북부에 있는 오지로 울릉군을 제외하면 전국에서 인구가 가장 적은 행정구역이다. 남편의 본적지가 있는 곳으로 조지훈, 이문열 등 많은 문인들이 배출되었다.

혔다. 사진이나 그림으로만 보다 직접 눈으로 보니 왜 예로부터 '화왕'(花王)이라고 불렸는지 단숨에 이해할 수 있었다.

그 후부터 서울에서 본격적으로 모란을 찾아다니기 시작했다. 강동구 일자산에 핀 모란도 일품이었지만, 덕수궁과 창덕궁에 핀 모란은 정말 격이 달랐다. 자색이 감도는 덕수궁의 붉은 모란은 화려한 황후의 자태를 연상하게 했고, 창덕궁의 하얀 모란은 더할 데 없이 고귀한 기품을 풍겨 내었다.

작약은 모란과는 멋도 느낌도 다르다. 모란이 완벽한 아름다움을 갖고 있다면 작약의 화려함은 그에 비해 조금 부족한 느낌이 있다. 꽃말은 부끄러움이지만 크기나 모양, 색깔이 다양해 볼수록 매력이 넘치는 꽃이다. 그래서인지 작약은 신부 부케에 많이 쓰이기도 한다.

작약에는 자기 위치를 알고 받아들이는 겸손미가 보인다. 모란이 지고 나면 기다렸다는 듯이 피어나기 때문이다. 작약은 옛날 궁궐의 빈(嬪) 또는 예기(藝妓)처럼 화려하고도 아름답지만 이처럼 둘째라는 숙명을 안고 피어난다.

사실 잘 모르는 사람이 보기에 모란과 작약은 생김새가

비슷해 구분이 쉽지 않다. 둘을 구별하는 제일 좋은 방법은 그 잎사귀에 있다. 모란 잎은 아기 손바닥 같기도 하고 단풍잎을 닮은 삼지창처럼 갈라져 있다. 작약은 잎이 길고 둥글면서도 끝이 뾰족하고 잎사귀에서는 윤이 난다. 모란의 잎사귀 바깥쪽에는 황후의 꽃 답게 황금 테가 둘러쳐 있는 듯하다.

또 모란은 나무요, 작약은 다년생 풀이다. 모란은 4월의 꽃이고 작약은 5월의 꽃이다. 작약은 질긴 생명력과 아름다움을 겸비했는데 그 뿌리가 한약재로도 쓰인다니 두루두루 사람에게 이익을 주는 멋쟁이 꽃이라는 생각이 든다.

2021년 봄에는 모란 작약 촬영을 위해 출사를 네 번이나 다녀왔다. 출사 한 달 전부터 부지런히 인터넷을 검색했다. 덕수궁, 창덕궁, 서울대공원 정원 담당자에게 전화를 걸어 정확한 개화 시기를 확인하기도 했다.

첫 번째 출사 - 모란
2021년 4월 20일

아침부터 날씨가 맑아 카메라를 메고 덕수궁으로 향했

다. 정문인 대한문을 들어서니 황후의 궁궐을 상징하는 꽃답게 붉은색과 자주색의 큼지막한 꽃송이들이 보라는 듯 존귀한 자태를 뽐내는 듯하다. 꽃잎은 비단결같이 자르르 윤기가 흐른다. 고종의 침전인 함녕전 뒤뜰에는 옛 그림에서 튀어나온 듯한 분홍색 겹모란이 많이 피어 있었다. 그러나 아쉽게도 붉은 모란보다 빨리 피어서인지 한참 때가 지난 모습이었다.

오후에는 창덕궁으로 갔다. 정문인 돈화문을 지나 대조전 뒤뜰까지 이어진 서쪽 담장에는 하얀 모란이, 낙선재 뒤쪽 계단식 정원에는 붉은 모란과 분홍색 모란이 가득했다. 벽을 따라 줄지어 핀 하얀 모란은 오후여서 그런지 담장 그늘에 묻혀 버려 카메라에 담기가 마땅치 않았다. 창덕궁에도 오전에 가야 제대로 사진을 찍을 수 있겠다 싶었다. 일찍 서두른다면 오전 중으로 두 군데 출사가 가능할 것이다.

요즈음은 엘리뇨 현상으로 개화 시기가 예년보다 일주일 정도 당겨져 버렸다. 양쪽 궁궐, 덕수궁과 창덕궁의 모란은 4월 20일 전후가 절정이다. 올해는 날씨도 좋았고 사진도 충분히 찍어 매우 만족스럽다.

두 번째 출사 – 작약

2021년 5월 9일

날씨가 좋다. 모란이 거의 졌으므로 이제는 작약을 찍으러 갈 차례이다. 이미 과천의 '서울대공원 테마 정원' 담당자와 통화해서 그곳 개화 시기가 서울 시내보다 일주일 정도 늦을 거라는 말을 들은 터였다. 서울에서 작약 봉오리가 맺힌 것이 대략 보름 전이었으니 지금이 사진 찍기에는 적기라고 보았다.

그러나 예상은 보기 좋게 빗나가고 말았다. 모란이 아직 작약에게 자리를 넘겨 주지 않았던 것이다. 성질 급한 작약 몇 송이가 나를 보라는 듯 고개를 내민 채 수줍은 듯 피어 있었다.

'올해는 예년보다 꽃들이 일찍 피었다는데 산속이어서 그런지 서울보다 많이 늦게 피는구나!'

작약이 만개하기까지는 못해도 열흘은 더 기다려야 할 듯했다. 나는 그나마 일찍 핀 꽃송이들을 찾아다니며 여러 각도에서 셔터를 눌러댔다. 작약밭은 생각보다 규모가 컸지만 촬영 접근성이 좋아 사진을 찍으러 멀리까지 출장을 갈 필요가 없었다. 아쉬웠지만 작약 출사를 다음으로 기약하기로 했다.

세 번째 출사 – 작약
2021년 5월 14일

손꼽아 기다리던 전북 임실군 옥정호(玉井湖) 작약밭에 다녀왔다. 호수를 낀 작약밭이라니! 이런 황홀한 장소가 있으리라고는 작년까지만 해도 상상조차 못했다. 차에서 내리니 야산 산등성이 전체에 광활하게 펼쳐진 작약밭이 쫙 눈에 들어왔다. 나는 가까운 곳에서부터 차례로 사진을 찍어 나갔다. 흰색에서 분홍색, 붉은색까지 다양한 색채의 작약꽃이 내 마음을 단숨에 사로잡았다.

그런데 막 사진을 찍으려는 그 순간 해가 구름 속으로 슬그머니 숨어버리는 게 아닌가. 아이고! 나에게는 무엇보다 햇빛이 제일 중요한데….

수백 장의 사진을 찍으며 작약밭 꼭대기 쪽으로 올라가니 마침내 옥정호가 나타났다. 춘천의 소양호처럼 굽이굽이 이어진 옥정호와 어우러진 작약밭은 환상적인 한 폭의 그림이었다. 풍경 사진으로는 더할 나위 없이 아름다웠다. 하지만 아쉽게도 이곳의 날씨는 작약을 카메라에 담기에는 너무나 흐렸다. 멀리까지 찾아갔지만 좋은 작약 사진을 별로 건질 수 없었다. 흐린 날씨와 한창 때가 지난 개화 상태가 못내 아쉬움으로 남았다.

네 번째 출사 – 작약
2021년 5월 19일

며칠째 일기예보에 주의를 기울였다. 두 번씩이나 허탕을 치다 보니 신경은 곤두설 대로 서 있었다. 일기예보에 따르면 이번 주는 석가탄신일 하루만 맑을 예정이란다. 오늘만큼은 분명히 싱싱한 작약을 볼 수 있을 거라는 촉을 믿고 또다시 서울대공원으로 차를 몰았다

테마 정원에 들어간 순간, 눈앞에 좌악 펼쳐진 작약 밭에 탄성이 절로 나왔다.

"그래, 바로 이거야!"

세 번의 출사 시도 끝에 얻은 결실이었다. 이번에는 쨍

쨍한 햇살 아래 한창 물오른 작약을 마음껏 찍을 수 있었다.

그렇다! 한창 물오른 꽃 사진을 찍으려면 부지런히 날씨를 살피고 개화 상태를 체크한 후에 집을 나서야 한다. 한 달씩 그대로 싱싱하게 피어 있으면 좋으련만 꽃들은 며칠만 반짝 하고는 어느 틈에 포르르 내려앉고 만다. 어쨌든 나의 모란·작약 사랑은 생애를 다하는 순간까지 계속될 듯하다.

해당화와 신두리 사구

해~당화 피고 지는 섬~마을에~

철새 따라 찾아 온 총각 선생님!

열아홉 살 섬 색시가 순정을 바쳐,

사~랑한 그 이름은 총각 선생님!

'해당화'라는 말만 들어도 생각나는 노래 〈섬마을 선생님〉! 해당화가 어떻게 생겼는지도 몰랐던 어린 시절부터 이 노래를 듣고 자란 세대이기에 나에게 '해당화'라는 꽃이름은 듣기만 해도 왠지 정감이 간다.

새벽부터 비가 오락가락했다. 서해대교를 지나며 행담도 휴게소를 거친 버스는 당진, 서산을 지나 태안반도로 향했다. 오랜만에 서해안고속도로를 달려 본다.

드디어 태안이다. 도착하니 비는 거의 소강상태다. 우산을 차에다 둔 채 내렸다. 신두리 사구의 해당화를 찾아 발걸음도 가볍게 길을 나섰다. 꽃을 찾아가는 나의 발걸음은 언제나 가볍기만 하다. 지난봄에 큰딸이 사준 트레킹화가 무척 마음에 든다.

한참을 가니 모래 언덕들 뒤로 멀리 흐린 하늘과 흐린 바다가 눈에 들어온다. 비가 오는 듯 그치는 듯하더니 이제는 안개비를 계속 흩뿌린다. 나는 우산도 없이 점퍼에 달린 모자를 덮어쓰고 신두리 사구 모랫길을 걷고 또 걸었다. 길벗들의 절반은 우산을 쓰고 절반은 비를 맞고 걷고 있다.

오월 중순이지만 올해는 이른 장마철처럼 며칠째 비가 오락가락했다. 이곳 태안반도도 예외는 아니었나 보다. 모래 언덕을 오르내리며 걸어가는 내 새 신발도 젖은 모래에 푹푹 빠지며 모래투성이가 되어 간다.

모래 언덕, 즉 사구에는 보리 이삭을 닮은 통보리사초,

작은 나팔꽃을 닮은 갯메꽃 등 흔치 않은 모양을 한 여러 키 작은 식물들이 모랫바닥을 기어가듯 자라고 있었다.

모랫길을 걷다가 곳곳에서 해당화 무리를 만날 수 있었다. 해당화는 마치 "내가 여기 바닷가 모래 언덕의 주인공이야!"라고 외치고 있는 듯했다. 여기저기서 크고 작은 군락을 이룬 해당화들은 제법 존재감을 드러내고 있었다.

그러나 며칠째 비를 쫄딱 맞은 해당화는 수줍은 듯 얼굴을 접어버렸다. 그래도 몇몇은 힘겹게 그 선홍색 얼굴을 보여 주고 있었다. 새벽부터 일어나 태안까지 달려온 나의 기대를 저버리지 않았다. 물방울이 가득히 맺혀 있는 꽃송이들은 내 가슴에 더 깊은 감동을 안겨 주었다. 바닷가 사구의 해당화는 안개비 뿌리는 이런 흐린 날이 더 어울리는 듯했다. 비가 와서 참 다행이었다.

해당화 사진을 요리조리 찍으며 생각해 본다. 해당화는 작약을 닮으려 애를 쓰지만, 모란이나 작약 쪽으로 가기엔 타고난 신분부터 다르다. 그저 섬마을에서 바닷바람이나 맞으면서 피어 있으면 그만이다. 그래서일까. 나는 해당화를 볼 때마다 섬 색시가 곱게 화장한 모습이 떠오른다. 고운 오페라 빛 선홍색으로 바닷가 사람들을 위로하는 것이

해당화의 임무가 아닌가 싶다.

이때 어디선가 진하고도 농염한 여인의 화장품 내음이 바람에 날아오는 듯하다. 비에 젖은 해당화 무리에서 나는 향기였다.

'해당화에서 이렇게 강하고 매력적인 향기가 나다니!'

못생긴 해당화지만 향기만큼은 모란, 작약보다 저만치 앞서면서 우릴 유혹한다. 공기가 청량한 안개비 속이라 더 강하게 해당화 향기를 느꼈는지도 모르겠다.

아, 예술이란 얼마나 신비로운가.

나를 진화시키고 다른 사람을 기쁘게 할 수 있으니 말이다.

나는 나는 앞으로도 있는 힘을 다해

그림을 그리고 글을 쓰고 싶다.

죽마고우 K

저녁 8시 반. 깜깜한 어둠을 헤치고 곡성역에 도착했다. 그리 늦은 시간은 아니었건만 내린 사람은 몇 명이 채 안 되었다. 서둘러 나가는 길을 찾다가 갑자기 길이 끊어지는 듯한 느낌을 받았다. '이쪽이 아닌가 보다' 하며 방향을 튼 순간, 철길 건너편에서 누군가 손짓하며 뭐라 소리치고 있었다. 자세히 보니 그쪽으로 오라는 것 같았다. 역 주변이 무척 어두웠던 데다 불빛을 등지고 있는 바람에 얼굴을 통 알아볼 수 없었다. 나는 직감적으로 그 사람이 K라는 걸 알아차렸다.

    역사 밖으로 나가자 남자인지 여자인지 구분이 안 될 정
도로 짧은 머리를 한 K가 나를 반갑게 맞아주었다. 하루종
일 차밭에서 일하며 모자를 썼다 벗었다 했는지 그녀의 머
리카락은 닭벼슬처럼 삐쭉삐쭉 곤두서 있었다. 못 본 사이
에 하얗게 세어 버린 머리칼을 보니 세월이 참 빠르다 싶
었다.

    내가 K를 찾아간 건 전주에서 열린 한국수채화 페스티
벌을 마친 후였다. 떡 본 김에 제사 지낸다고 전주에 온 김
에 곡성을 찾은 것이었다. 이제나저제나 가보고 싶었던 K
의 새로운 둥지를 둘러 보기에 더없이 좋은 기회였다.

    장수마을로 유명한 곡성은 빼어난 풍광을 자랑하는 매
력적인 마을 아닌가. 골짜기가 많은 마을이라는 이름답게
능선을 타고 흐르는 산자락의 모양새가 매우 아름다운 곳
이다. 그도 그럴 것이 유독 평야가 많은 전라남도에서 산
지가 제일 많은 곳이란다. 몇 해 전《곡성》이라는 제목의
영화가 개봉하면서 일약 유명세를 타기도 했다. 무려 칠백
만 명에 가까운 관객들이 찾은 흥행작이었으나 공교롭게
도 우리 가운데 그 영화를 본 사람은 아무도 없었다. 실제
로 곡성에서 촬영하면서 시골 마을 특유의 으스스한 분위

기를 잘 살려냈다는 평이 있었으나 내 눈에 비친 곡성은 그저 한적하고 푸근한 여느 산골 마을과 다르지 않았다.

구불구불한 산길을 한참 달리다 보니 한 빌라촌에 다다랐다. '강빛마을'이라 불리는 이 마을엔 똑같은 구조의 알프스풍 이층집 100여 채가 각각의 정원들을 사이에 둔 채 오밀조밀 자리 잡고 있었다. 은퇴한 사람들의 전원 공동체를 만들기 위해 군수가 야심 차게 조성한 마을이라고 했다. 화장산 자락에 자리잡은 마을 앞으로는 섬진강의 지류인 보성강이 유유히 흐르고 있었다. 캄캄한 어둠 속에서 들리는 때이른 풀벌레 소리를 듣고 있으니 문득 산골마을 괴산에서 보낸 내 유년 시절이 떠올랐다.

K가 이곳에 정착하기까지는 우여곡절이 많았다. 부부 금슬이 남달리 좋았던 K는 은행원인 남편을 따라 해외에서 여러 해 지낸 후 귀국해 인테리어 회사를 차렸다. 대학원까지 다니며 가구 디자인을 전문적으로 공부했다. 학업과 회사 일에 몰두하느라 몸을 돌볼 새도 없었다. 하지만 열정을 과하게 쏟은 탓이었을까? K는 그만 몹쓸 병에 걸리고 말았다. 위를 절제하는 대수술까지 감행했다. 그 후

몰라보게 수척해진 K는 서울 생활을 정리하고 마침내 귀농을 결심했다. 공기 좋은 시골에서 살아보고 싶다는 오랜 꿈을 이루고 싶어서였다.

제자의 소개를 받아 이사한 집은 넓은 텃밭이 달린 용문의 한 예쁜 전원 주택이었다. 부부는 그곳에서 책을 읽고 손수 밭을 일구며 농사법을 공부했다. 직접 키운 유기농 농산물을 친지나 지인들에게 보내주기도 했는데, K는 어느덧 혼자서 김장을 할 수 있을 정도로 건강이 회복되어 있었다. 그 집은 때로 친구들의 1박2일 MT 장소가 되어주기도 했다. 함께 모이기를 좋아하는 우리에게 그녀의 집은 더없이 좋은 휴식처였다.

부부가 녹차 만들기에 관심을 보였던 것은 바로 그 무렵이었다. 일찌감치 곡성에 얼마간의 차밭을 구입해 두었던 커플은 두 딸이 출가하자마자 그곳으로 내려가 차밭을 일구기 시작했다. 자급자족하던 용문에서의 삶에서 벗어나 좀 더 적극적으로 농촌살이를 하기로 마음을 정한 듯싶었다. 3년이 넘게 무탈하게 살아가는 걸 보니 아무래도 이들에게는 곡성이 잘 맞는 듯한 모양이다.

K는 중학교 때 처음 만나 대학을 졸업할 때까지 함께 한 오랜 친구다. 활달한 성격 덕에 학창시절 우리 동기들의 대장 노릇을 하곤 했던 죽마고우다. 돌이켜 보면 내 인생의 중요한 길목에는 늘 K가 있었다. 입시 전문화실 '앙가주망'으로 나를 이끈 것도 K였고 대학 시절 미래의 남편을 만난 단체미팅을 주선한 사람도 K였다. 또 외국으로 떠나기 전 자신의 중학교 미술 강사 자리를 물려준 것도, 남편의 간암 투병 때 누구보다 열심으로 기도하고 응원해 준 사람도 K였다. 멀리서 농사를 지을 때도 본인이 손수 담근 김치와 정갈한 시골 밑반찬들을 아이스팩에 담아 정성스레 보내주기도 했다. 그것은 그녀의 마음 그대로였다.

나를 아끼는 K의 마음은 곡성에서도 이어졌다. 그녀는 내가 이 집에 온 첫 손님이라며 나를 2층 손님방으로 안내했다. 그러면서 뜨끈한 물이 담긴 '유담프'를 손수 짠 털주머니에 넣어 건네줬다. 침대 발치에 주머니를 가져다 놓으니 금방이라도 스르륵 잠이 올 것 같았다. 오랜만에 느껴 보는 따뜻한 환대의 순간이었다. 우리는 그날 밤 곡성 읍내에서 사온 수제 흑맥주를 마시며 2년 만에 회포를 풀 수 있었다.

언제든 어디서든 나를 반겨 주는 친구가 있다는 건 내 인생의 커다란 축복이다. 그런 K, 기원이가 있다는 것은 정말 감사한 일이다.

나 홀로 제주 여행

코로나19로 일상은 한순간에 바뀌어 버렸다. 코로나 첫 확진자 이후 2년이 지난 지금에서야 비로소 국내 확진자가 줄어들고, 겨우 외부에서 마스크를 벗는 것이 허용되었다. 이제야 조금씩 본래의 일상으로 돌아오려 하고 있다.

코로나가 기승을 부리는 동안, 8년이나 해 왔던 주 3일의 수채화 강의를 멈추었다. 몸은 자유로웠지만 두려움 속에 격리된 우울한 일상이 이어졌다. 홀로서기에 익숙해졌나 했는데 이건 완전히 다른 차원의 문제였다.

여름이 되자 집 안에만 갇혀 지내는 무료한 일상을 더 견디기 힘들어졌다. 그림 그리는 일에도 집중할 수 없었다. 코로나 블루(Corona Blue)였다. 모든 예술 작업이 그렇겠지만, 그림 작업은 작가의 몸과 마음이 최상의 컨디션일 때 가능하다.

아! 무작정 떠나야 했다. 아무와도 의논하지 않고 혼자만의 여행을 하기로 했다. 해외 여행길은 꽁꽁 막혀 있었다. 내가 선택한 국내 여행지는 제주도였다. 2박 3일, 렌터카 자유여행을 하기로 했다. 그곳에서 감정적으로 매듭짓지 못한 일이 있었기 때문이다.

해외여행은 못하지만 캐리어를 끌고 김포공항에 서 있자니 색다른 느낌이 들었다. 제주행은 만 4년 만이었는데, 혼자서는 처음 가보는 것이었다. 비행기에 탄 승무원과 승객 모두 마스크를 끼고 있었다. 승무원의 안내가 끝나자 비행기는 아무도 소리를 내지 않는 '침묵의 하늘도시'가 되어 버렸다.

렌트카에 올라탄 나는 한참 동안이나 사무실에서 얻은 지도를 훑어 보았다. 실은 제주 공항에 도착할 때까지도 어디를 가야 할지 아무것도 정하지 못한 상태였다. 마침 동백나무의 언덕 '카멜리아 힐'이 눈에 들어왔다. 처음 가보는 곳이지만, 동백꽃을 그리는 나에게는 지명부터가 특별하게 다가왔다. 목적지를 입력하고 핸드폰에 저장해 놓은 '미스터트롯' 노래를 크게 틀어놓고 자동차를 달리기 시작했다. 한적한 산간 도로를 한참을 달리다 보니 비로소 혼자 제주에 온 것이 실감 났다.

카멜리아 힐은 생각보다 넓었다. 동백나무 숲에는 세계 여러 곳의 동백나무들이 많았다. 여수 오동도나 서천 마량리에 비할 바는 아니지만 동백나무 군락의 크기도 대단했다. 그러나 아쉽게도 동백은 제철이 아니었다. 대신 수국이 언덕을 가득 메우고 있었다. 태어나서 그렇게 많은 수국에 둘러싸인 건 처음이었다. 라벤더색과 보라색 수채화 물감으로 누군가가 꽃송이마다 칠을 해 놓은 듯했다. 고개를 돌리는 곳마다 한 폭의 수채화였다. 흰색과 푸른색 계열의 수국도 많았다. 정원사들의 세심한 돌봄이 느껴졌다.

    그렇게 한참을 다니는데, 숲속에서 뭔가가 나부끼고 있었다. 두 나무 기둥 사이에 묶어 놓은 반투명 헝겊에 쓰인 글귀였다.

        앞으로 더 눈부실 당신

    나는 한참 동안 얼어붙은 채 그 앞에 멈춰 서 있었다. 이제 더는 빛날 일이 없으리라고 무의식 중에 믿고 있었던가 보다. 그런 잘못된 믿음을 조각내려고 누군가 이곳에 글귀를 걸어 둔 것일까.

    제주시로 돌아가던 길에 곶자왈 환상 숲에 들렀다. 새소리가 크게 들리는 초저녁의 환상숲에는 넝쿨들이 키 큰 나무들을 감고 올라가 서로 빽빽이 엉켜 있었다. 숲은 일말의 태곳적 신비함을 갖고 있었다. 갑자기 혼자서 숲속을 다니고 있다는 사실에 더럭 겁이 났다. 서둘러 숲에서 내려오는데 낯모르는 중년 여인이 손짓을 하는 게 아닌가.

    "이리 와서 놀다 가세요!"
    '뭐지?'

합창 소리가 들려왔다. 맞은편 숲 옆 잔디밭에 특이한 옷차림을 한 중년 여성들 한 무리가 보였다. 둘러보니 주변엔 나밖에 없었다. 알고 보니 제주 민속보존회원들이 제주 옹기인 구럭을 타악기 삼아 민요를 부르고 있는 중이었다. 옛날의 어느 시절로 되돌아간 듯 기묘한 느낌 속에서 그들의 노래에 귀를 기울였다. 그 때문일까. 그 날 밤은 어쩐지 쉽사리 잠을 이루지 못했다.

나는 잠자리에서 빠져 나와 숙소 앞마당에서 하늘을 올려다보았다. 문득 초등학교 때, 아버지를 따라가 살던 괴산이 연상되었다. 그곳에도 전깃불이 들어오지 않았으므로 달과 별은 존재감이 남달랐었다. 또 사춘기의 나는 윤동주의 시를 읽으며, 쏟아지는 별빛이 내리는 언덕에 홀로 앉아 있는 시인의 마음속으로 들어가곤 했다. 언제까지나 별을 헤는 '청년 윤동주'의 마음으로 살고 싶다고 다짐했었는데….

생각해 보면 지금의 나도 얼마든지 꿈을 꿀 수 있는 게 아닐까 싶었다. 꿈은 삶이 끝날 때까지 누구에게나 주어지는 '시간'처럼 모든 이에게 공평하게 주어지는 선물이다.

그러나 꿈을 선택하는 것과 포기하는 것은 각자의 몫이다. 그렇다면 나는 꿈을 꾸는 쪽을 택하리라.

　다음 날은 비가 왔다. 이번엔 성산일출봉 쪽으로 움직여 보기로 했다. 빗줄기가 시야를 가로막을 정도로 세차게 쏟아졌다. 한참을 달리다가 나도 모르게 경로를 수정하고 함덕 해수욕장으로 향했다. 여행은 인생의 축소판 아니던가. 언제 있을지 모를 경로 수정을 받아들이며 사는 게 우리네 인생 아닌가.

　함덕 해변에 이르렀을 때 왜 이곳에 왔는지를 불현듯 깨달았다. '카페 델 문도'. 내겐 피하고 싶었던 장소이자, 꼭 다시 한 번 찾아오고 싶었던 곳이기도 했다. 차를 세우고 우산을 펴드니 한 걸음도 내디딜 수 없을 만큼 폭우가 쏟아졌다. 온몸이 흠뻑 젖은 나는 저 멀리 카페를 바라보며 우두커니 서 있었다.

　4년 전 그때도 이렇게 비가 내렸다. 투병 중이던 남편을 포함해 우리 가족은 여행객들에게 소문난 이 카페를 찾아왔었다. 남편은 몹시 힘겨워하면서도 그 분위기를 참 좋아했다.

무작정 떠난 2박 3일 제주도행 여정은 나도 모르는 사이 남편과 함께 했던 마지막 여행 경로를 답습하고 있었다. 무의식이 나를 이끌어서 남편의 흔적을 찾아간 것이다. 이제는 그를 보내주어야 할 때가 된 건 아닐까….

비가 조금 잦아드는 것 같아 다시 길을 나섰다. 함덕 해수욕장을 뒤로하고 북쪽 해변을 달리다 보니 어느 순간 비가 그쳐 있었다.

마을을 돌아 나오는 길, 해변에 작은 정자가 보였다. 그곳에는 은발의 노부부 한 쌍이 바다를 바라보며 앉아 있었다. 어깨를 나란히 하고 앉아 있는 부부의 뒷모습을 보고 있자니 문득 가수 노사연의 노래 〈바램〉이 떠올랐다.

우린 늙어가는 것이 아니라
조금씩 익어가는 겁니다….

나도 모르게 셔터를 눌렀다. 어쩌면 그 애틋한 뒷모습은 우리 부부의 미래가 될 수도 있었으리라.

그러나 남편은 떠났고, 나는 현실을 받아들여야만 한다. '앞으로 더 눈부실 당신'이 되기 위해서는 말이다. 아직도 보지 못한 꽃이 많고, 그리지 못한 그림이 많다. 지나온 인생을 남겨두고 돌아오는 비행기에 몸을 실었다. 당분간은 외롭지 않을 자신감이 생겼다.

인생은 참 알다가도 모를 무엇이다. 돌이켜보니 그림을 다시 그리기 시작한 지도 어언 22년이 지났다. 거북이처럼 느리게 걷다 나무 그늘을 만나 쉬기도 했고, 때로는 토끼처럼 달음박질치기도 했다. 이제는 전업주부 시절로는 절대 돌아가지 못할 것 같다.

고백컨대 다시 붓을 잡던 시기에는 유명 화가가 된 대학 동기와 선후배들 앞에 작아지는 경우가 종종 있었다. 얼토당토않은 생각이었다. 대학 졸업 후 지금까지 쉼 없이 작업해 온 그들의 수십 년 노력을 어떻게 쉽게 따라잡을 수 있다는 말인가. 그 사실을 깨닫고부터 내가 할 수 있는 일이 명확해졌다. 부러움을 동력으로 삼는 법을 익히는 일, 그리고 스스로를 격려하는 일이 그것이었다. 이렇게 나름대로 애를 쓰다 보니 처음의 나와는 꽤 다른 내가 되어 버렸다.

사실 요새 유행한다는 MBTI를 해 보고서는 결과에 깜짝 놀랐다. 내향적이고 소심한 유형이 나오겠지 했는데 ENFP, 즉 재기발랄한 활동가 유형이 나온 것이다. 여섯 번의 개인전을 열고, 백이십 여 회의 단체전에 참여하고, 그것도 모자라 여러 미술 단체에 속해 있는 걸 보면 인생의 많은 부분이 바뀐 듯하다. 어린 시절의 나를 아는 사람이 지금의 나를 만나면 과연 같은 사람이라고 생각하기는 할까? 이렇게 성격이 뿌리까지 바뀌게 된 데는 무엇보다 그림이 한 몫 하지 않았을까 싶다. 아침에 눈을 떠 밤에 잠들 때까지, 그림을 떼놓고서는 다른 생각을 할 수 없었으니까. 어떻게 그동안 캔버스 앞에 앉지 않았는지 스스로도 의아스러울 정도다.

아, 예술이란 얼마나 신비로운가. 나를 진화시키고 다른 사람을 기쁘게 할 수 있으니 말이다. 나는 앞으로도 있는 힘을 다해 그림을 그리고 또 글을 쓰고 싶다. 호호백발이 되어서도 의사로 살다 간 내 아버지처럼….

작품 활동과 병행하며 글을 쓰다 보니 어느덧 많은 시간이 흘러갔다.

책이 완성되기까지 수고를 아끼지 않은 편집진 여러분과 사랑하는 나의 가족들, 형제들, 오랜 벗들, 선후배들, 제자들, 추천사를 써주신 신항섭·신종식 선생님 등 한분 한분에게 감사드린다. 이분들이 아니었다면 이 책은 결코 세상에 나올 수 없었을 것이다. 끝으로 나를 존재하게 해주신 아버지 박명호 장로님과 어머니 백운선 권사님께, 그리고 서둘러 먼 길을 떠난 남편 조문재 전 KBS 부사장 영전에 이 책을 바친다.

박혜령

1956   2월 서울 노량진에서 아버지 박명호,

어머니 백운선의 여섯 째로 태어나다.

1957   영등포로 이주. 부친 박소아과의원 개원

1962   3월 서울 영남국민학교 입학.

7월 충북 괴산군 감물면 전학.

부친이 무의촌에 공의로 파견되어

시골살이를 시작하다.

1963   7월 충북 청주로 이주 전학.

1964   7월 경기도 수원으로 이주 전학.

1965	7월 서울 영남 초등학교로 귀교.
1968	3월 정신여자중학교 입학.
1971	3월 정신여자고등학교 입학.
1974	3월 서울대학교 미술대학 회화과 입학.
1978	2월 서울대학교 미술대학 회화과 졸업.
1979	3월 한국통신연구소 연구원 조문재와 결혼.
1980	2월 첫딸 출산.
1982	KBS 방송기술연구소로 남편 이직.
1982	3월 아들 출산.
1991	11월 이녀 출산.
2002	목동소호미술학원 개원(~2008년).
2004	한국여류수채화가협회 입회.
2006	첫 개인전.
2011	5월 1녀 결혼.
2015	11월 남편 KBS부사장 발령.
2016	8월 남편 간암으로 별세.
2016	10월 아들 결혼.
2018	9월 이녀 결혼.

2020	대한민국미술대전 구상부문 심사위원.
2021	충청북도미술대전 심사위원 외.
2022	현재. 한국여류수채화가협회 회장.
	한울회(서울미대 여성동문회) 부회장.
	한국전업미술가협회 이사. 경기미술대전
	운영위원. 서울가톨릭미술가회, 한국수채화협회,
	한국미술협회 회원, 자전적 에세이
	《나는 행복을 그립니다》 출간, 제7회 개인전
	〈동백 그리고 모란〉 개최

나는
행복을 그립니다

서양화가 박혜령의 삶과 꿈 그리고 행복론

초판 1쇄 인쇄 | 2022년 10월 31일
초판 1쇄 발행 | 2022년 11월 10일

글쓴이 | 박혜령
펴낸이 | 김정동
편집 | 김승현
디자인 | 서교출판사 디자인부
마케팅 | 최관호 김혜자
펴낸 곳 | 서교출판사
등록번호 | 제 10-1534호
등록일 | 1991년 9월 12일
주소 | 서울시 마포구 성지길(합정동) 25-20 덕준빌딩 2F

전화번호 | 02-3142-1471 (대)
팩시밀리 | 02-6499-1471
이메일 | seokyobook@gmail.com
인스타그램·페이스북 | @seokyobooks
블로그 | blog.naver.com/seokyobooks
홈페이지 | http://seokyobook.com
ISBN | 979-11-89729-78-3 (03810)

서교출판사는 독자 여러분의 투고를 기다리고 있습니다. 출판 관련 원고나 아이디어가 있으신 분은
seokyobook@gmail.com으로 간략한 개요와 취지 등을 보내주세요. 출판의 길이 열립니다.